O CORAÇÃO
DAS TREVAS

O CORAÇÃO DAS TREVAS

JOSEPH CONRAD

TRADUÇÃO E INTRODUÇÃO
MARCOS SANTARRITA

Editora
Nova
Fronteira

Direitos de edição da obra em língua portuguesa adquiridos pela EDITORA NOVA FRONTEIRA PARTICIPAÇÕES S.A. Todos os direitos reservados.

Direção geral
Antônio Araújo

Direção editorial
Daniele Cajueiro

Editora responsável
Janaína Senna

Produção editorial
Adriana Torres
Pedro Staite

Revisão
Frederico Hartje

Diagramação e projeto gráfico
Filigrana

Capa
Sérgio Campante

Foto de capa
Getty Images - adoc-photos / Contributor - Assembly of people in the forest, on the way of the steamer Roi des Belges, on the Sankuru river (Belgium Congo, today Democratic Republic of Congo). Ca. 1888.

CIP-Brasil. Catalogação na publicação
Sindicato Nacional dos Editores de Livros, RJ

C764c

Conrad, Joseph, 1857-1924
O coração das trevas / Joseph Conrad ; tradução e introdução Marcos Santarrita. - [Ed. Especial] - Rio de Janeiro : Nova Fronteira, 2017.
128 p. (Coleção Clássicos para Todos)

Tradução de: Heart of darkness
ISBN 978.85.209.3575-0

1. Romance inglês. I. Santarrita, Marcos. II. Título. III. Série.

16-38032 CDD: 823
  CDU: 821.111-3

Sumário

Introdução 7

Capítulo I 13
Capítulo II 54
Capítulo III 90

Sobre o autor 125

Introdução

"Foi em 1868, quando tinha nove anos ou por aí, que, olhando um mapa da África da época, e pondo o dedo no espaço em branco que então representava o não resolvido mistério daquele continente, eu disse a mim mesmo, com uma absoluta certeza e uma espantosa audácia que já não fazem parte de meu caráter:

"— Quando eu crescer, irei *lá*."

Esta história, contada por Joseph Conrad no pequeno livro de memórias *A Personal Record* [Um registro pessoal] (1912), já fora usada, com pouca variação, e a mesma determinação final, em *O coração das trevas* (1902), o pequeno romance, quase uma noveleta, que muitos consideram sua obra-prima. O voto foi cumprido mais de vinte anos depois, e teve dramáticas consequências: em 1890, o então marinheiro Conrad passou quatro meses numa expedição pelo rio Congo, onde contraiu malária, que prejudicou sua saúde pelo resto da vida. E viu em primeira mão a face mais horrenda da rapacidade branca contra o resto da raça humana, sobretudo os negros.

Foi dessa experiência que resultou *O coração das trevas*, talvez o maior libelo na grande literatura contra o imperialismo europeu, que, a pretexto de civilizar as regiões ditas atrasadas do mundo, não apenas escravizou e saqueou a ferro e fogo, praticamente até nossos dias, a maior parte do planeta, mas levou às mais sangrentas guerras, mundiais e locais, e, pior ainda, deixou como sua marca, ao que parece indelével, o grande flagelo do racismo; além, é claro, de proporcionar aos europeus, sobretudo os ocidentais, a fabulosa riqueza que lhes permite hoje se classificarem de "primeiro mundo" — ou seja, sempre superiores.

Na figura de Kurtz, a trágica personagem perdida nas profundezas do misterioso continente negro, que o capitão Marlow — o alter ego narrador de quase todas as histórias marítimas do autor — é encarregado, por uma grande empresa "civilizadora", de ir resgatar num vapor fluvial caindo aos pedaços, Conrad criou a personificação mesma dessa pirataria travestida de humanismo.

"Toda a Europa contribuíra para a fabricação de Kurtz", ele escreve. E de fato: alemão, filho de pai meio inglês e mãe meio francesa, educado em parte na Inglaterra, Kurtz é um "grande homem", na verdade uma espécie de apóstolo farsante, com um verniz de cultura humanista, carismático e retórico, a pregar planos grandiosos, fazer conferências, escrever panfletos com títulos altissonantes, em favor da "causa" civilizatória.

Conrad resume uma dessas obras, que ele faz por encomenda da chamada Sociedade Internacional para Eliminação de Costumes Bárbaros: "Começava com o argumento de que nós, brancos, no ponto de desenvolvimento a que chegamos, 'devemos necessariamente parecer a eles (selvagens) seres sobrenaturais — aproximamo-nos deles com o poder de uma divindade', e por aí seguia. 'Pelo simples exercício de nossa vontade, podemos fazer um bem praticamente ilimitado' etc. etc. A partir desse ponto, ia às alturas, e me levava junto. Dava-me a ideia de uma exótica Imensidão, governada por uma augusta Benevolência. Não havia sugestões de ordem prática para interromper a corrente das frases, a não ser que uma espécie de nota de pé de página, garatujada evidentemente muito depois, numa letra trêmula, possa ser encarada como a exposição do método. Era muito simples e, ao final desse comovente apelo a todos os sentimentos altruístas, brilhava para nós, luminosa e aterrorizante, como o clarão de um relâmpago num céu sereno: 'Exterminem os brutos!'"

Com essas belas palavras, Kurtz chega a causar certa sensação na Europa e a mobilizar uma pequena cruzada para seus beneméritos fins. Talvez nem ele mesmo o soubesse então, mas era apenas usado como uma espécie de porta-voz, de propagandista bombástico da tal Sociedade, na prática (e no livro) mera fachada da Companhia, o grande consórcio formado para o exercício da rapina sobre o mundo "bárbaro", quer dizer, o mundo todo, com exceção da Europa Ocidental.

Porque, por trás de todos os belos discursos, resumia-se a isso o nobre "fardo do homem branco" decantado por Kipling, e Conrad o sabia mesmo então. "A conquista da terra", ele diz neste livro, "que em sua maior parte significa tomá-la daqueles que têm uma cor ligeiramente diferente ou narizes ligeiramente mais chatos que os nossos, não é uma coisa bonita quando a gente a olha bem de perto."

Mas a propaganda funcionava. A Companhia, escreve Conrad, "era a coisa maior da cidade [Paris], e todos que eu encontrava se orgulhavam dela. Iam operar um império no além-mar e ganhar uma profusão de dinheiro com o comércio". Na própria empresa, porém, essa visão grandiosa era temperada pelo sóbrio bom senso da filosofia de balcão. Quando, num *pub*, um dos funcionários menores da Companhia se deixa arrebatar pelo entusiasmo e Marlowe lhe pergunta por que ele mesmo não vai para "lá", o homem "se tornou muito frio e formal no mesmo instante".

"— Não sou tão idiota quanto pareço, disse Platão a seus discípulos — declarou sentenciosamente, esvaziou o copo com grande decisão e levantamo-nos."

Observe-se que, na época, imperialismo não era o palavrão que veio a se tornar depois. Defendia-se o imperialismo como qualquer outro conceito político legítimo, com conotações até de nobreza. Em *The Proud Tower* [A torre do orgulho], a historiadora americana Barbara Tuchman lembra que um dos maiores debates nos Estados Unidos na virada do século XIX para o XX foi exatamente para decidir se o país, então sem nenhuma expressão internacional, a não ser como celeiro do mundo (ainda na Segunda Guerra Mundial, Hitler se recusava a levá-lo a sério, respondendo às suas ameaças de entrar no conflito com chicanas, como se se tratasse de uma república de bananas), devia abandonar sua posição de completo isolacionismo e tornar-se imperialista. Assim mesmo — com esse nome.

Foi nessa época que, num poema publicado na primeira página do *Times* de Londres, Rudyard Kipling, o maior arauto literário do imperialismo britânico, criou a expressão "fardo do homem branco", declarando que chegara o momento de transferi-lo da Inglaterra para os Estados Unidos. Portanto, Conrad não se achava numa posição exatamente popular.

Mas, se o amanuense da Companhia não era idiota, Kurtz, aparentemente, era, tanto que acabou indo para "lá". A barbárie, a selva, porém, têm seus próprios poderes, obscuros e mágicos, com os quais jamais sonhou a chamada civilização, e o missionário do progresso, Kurtz, em vez de civilizar, acaba barbarizado. Não era tão superior, afinal, quanto pensava ser.

"Se ele próprio conhecia essa deficiência, não sei dizer. Porém a selva descobrira-o cedo e se vingara nele de uma forma terrível, pela fantástica invasão. Creio que lhe sussurrara coisas sobre si mesmo que ele não sabia, coisas das quais não tinha ideia até aconselhar-se com aquela grande solidão — e o sussurro revelara-se irresistivelmente fascinante."

E, de apóstolo da civilização, no fundo da inexplorada selva africana, Kurtz, enlouquecido pelo poder, torna-se um mero predador, fazendo-se adorar pelos selvagens, para os quais parece de fato uma divindade, em cerimônias macabras que não excluem sequer o canibalismo, e levando-os a praticar massacres contra outras tribos pela cúpida aquisição de marfim — o que interessa de fato à Companhia —, mas sem abandonar jamais as belas palavras, até a iluminação final trazida pela morte. "Que horror! Que horror!"

Assim o polonês Conrad, escrevendo em inglês no apogeu e no coração mesmo do imperialismo, a Inglaterra, faz não apenas a crônica dessa ignóbil conquista, mas, com a intuição do grande artista, também o seu necrológio. E não se pense que ele era, pessoalmente, um revolucionário, um soez agente comunista do Comintern empenhado em minar as bases do capitalismo ocidental, ou alguma coisa assim.

Muito pelo contrário, assumido burguês oriundo da pequena nobreza polonesa, amante da ordem acima de tudo, como bom comandante da marinha mercante e austero cidadão do século XIX, Conrad tinha quase asco pela palavra revolucionário, que julgava uma pecha desonrosa. Em *A Personal Record*, protesta contra um crítico "simpático" que tenta explicar algumas características de sua obra pelo fato de ser ele "filho de um revolucionário".

Na verdade, seu pai, Apollo Korzeniowski, escritor e tradutor, envolveu-se na rebelião de 1863 contra o domínio da Polônia pela Rússia, e foi preso e exilado para uma distante província russa. A mãe, que não foi presa, pediu permissão para acompanhar o marido no exílio, que lhe foi concedida nas condições impostas em tais casos: podia ir, mas sujeita às mesmas restrições dos presos políticos. Conrad, criança, acompanhou-os. Debilitada por essas condições e pelo rigoroso inverno russo, ela morreu em 1869, considerada pelos patriotas poloneses uma mártir da tirania dos ocupantes.

Isso, que na maioria dos casos teria feito do filho um revolucionário, no caso de Conrad causou o efeito exatamente contrário. "Nenhum epíteto", ele escreveu em *Record*, "podia ser mais inaplicável a um homem com um senso de responsabilidade tão forte na região das ideias e tão indiferente às motivações da ambição pessoal quanto meu pai. Por que a qualificação de 'revolucionário' deveria ser aplicada em toda a Europa aos levantes de 1831 e 1863, realmente não consigo entender. Esses levantes foram puramente revoltas contra a dominação estrangeira. Os próprios russos os chamaram de 'rebeliões', o que, do ponto de vista deles, era a exata verdade. Entre os homens envolvidos nas preliminares do movimento de 1863, meu pai não foi mais revolucionário que os outros, no sentido de trabalhar para a subversão de algum plano de existência social ou político."

E, para não deixar dúvidas, ele acrescenta mais adiante: "Não tenho sido revolucionário em meus escritos. O espírito revolucionário é muitíssimo conveniente naquilo que nos liberta de todos os escrúpulos em relação às ideias. Seu otimismo brutal, absoluto, é repugnante à minha mente, pela ameaça de fanatismo e intolerância que contém. Sem dúvida devem sorrir dessas coisas; mas, Esteta imperfeito, não sou melhor Filósofo. Toda pretensão de certeza especial me desperta aquele desprezo do qual uma mente filosófica deveria estar livre."

Sua antipatia pela revolução foi, aliás, explicitamente exposta em pelo menos dois romances: *Sob os olhos do Ocidente* e *O agente secreto*, seriamente no primeiro — um terrível drama de consciência, do nível de *Os possessos*, de Dostoiévski — e meio de gozação no segundo — que narra as aventuras de um terrorista um tanto desastrado.

Um reacionário, enfim, como diríamos nos bons anos de 1960. Mas, coerente com sua posição anti-imperialista até o fim, recusou pouco antes de morrer (em 1924) o grau de cavaleiro do Império que lhe foi oferecido pelo governo de Sua Majestade — uma honraria pela qual a maioria dos britânicos daria metade da vida.

Reacionário, sim; mas felizmente para a literatura, como nos casos de Dostoiévski e Kafka, o artista, nele, estava acima dos mesquinhos preconceitos do homem.

*Marcos Santarrita**

---

[*] Escritor, tradutor e jornalista, ganhou dois prêmios da Academia Brasileira de Letras, em 2001, pelo romance *Mares do Sul* e em 2004 pelo conjunto da obra tradutória.

Capítulo I

A escuna *Nellie* cambou para o lado da âncora, sem um adejar das velas, e imobilizou-se. A maré subia, o vento quase cessara, e, como a embarcação descia o rio, a única coisa que podia fazer era parar mesmo e esperar a virada das águas.

O Tâmisa estendia-se diante de nós como o início de uma infinita via aquática. Na boca da barra, mar e céu se fundiam sem qualquer linha divisória, e, naquela vastidão luminosa, as surradas velas dos barcos, subindo com a maré, pareciam paradas em renques de pontiagudas lonas vermelhas, com reflexos de espichas envernizadas. Uma neblina encobria as margens baixas, que corriam planas para o mar até desaparecerem. A atmosfera acima de Gravesend estava escura, e mais adiante parecia condensar-se em negra escuridão, pairando sobre a maior e mais grandiosa cidade da terra.

O Diretor de Companhias era nosso comandante e anfitrião. Era com afeto que olhávamos as suas costas, ali, de pé na proa, voltado para os lados do mar. Nada, em todo o rio, parecia mais náutico. A imagem de um piloto, o que, para um homem do mar, é a segurança em pessoa. Era difícil compreender que o trabalho dele não fosse ali, naquele estuário luminoso, porém mais além, dentro daquela escuridão lá adiante.

Entre nós, como já disse outras vezes, havia a irmandade do mar. Além de manter nossos corações unidos durante os longos períodos de separação, essa irmandade nos fazia tolerantes com as patranhas uns dos outros — e até mesmo com as convicções. O Advogado — o melhor dos amigos velhos — tinha, devido aos seus muitos anos e muitas virtudes, o único travesseiro a bordo, e deitava-se sobre o único tapete. O Contador já trouxera sua caixa de dominós e fazia construções arquitetônicas com as pedras. Marlow sentava-se de pernas cruzadas bem a ré, encostado no mastro da mezena. Tinha as faces chupadas, a pele amarelada, as costas eretas, um ar ascético, e, com os braços caídos e as palmas das mãos voltadas para fora, parecia um ídolo. O diretor, após certificar-se de que a âncora estava bem presa, veio para a ré e sentou-se entre nós. Trocamos algumas palavras ociosas. Depois, fez-se silêncio a bordo da escuna. Por algum motivo, não iniciamos nosso jogo de dominó. Estávamos pensativos, querendo apenas uma plácida meditação. O dia morria na calma de uma imóvel e perfeita luminosidade. A água reluzia em paz; o céu, sem uma mancha, era uma benigna imensidão de luz imaculada; até a neblina sobre os brejos de Essex dava a impressão de um tecido gasoso e radiante, caindo das matas dos morros cobertos no interior e drapejando sobre as margens baixas em diáfanas dobras. Só a escuridão para os lados do ocidente, pairando sobre as partes mais elevadas, tornava-se mais negra a cada minuto, como se furiosa com a aproximação do sol.

E por fim, em sua descida curva e imperceptível, o sol baixou, passando de um branco incandescente para um vermelho baço, sem raios e sem calor, como se fosse apagar-se de repente, ferido de morte pelo contato com aquelas trevas que pairavam sobre a multidão humana.

Operou-se uma mudança imediata sobre as águas, e a serenidade tornou-se menos luminosa, porém mais profunda. O velho rio, em seu largo remanso, descansava sem uma ruga no declínio do dia, após eras e eras de bons ofícios prestados à raça que lhe povoava as margens, estendido na tranquila dignidade de um curso d'água que conduz aos mais extremos confins da terra. Nós víamos a venerável corrente não à luz vívida de um dia que vem e se vai, mas à augusta luz de lembranças duradouras. E na verdade nada é mais fácil para o homem que, como diz o ditado, "seguiu o mar" com reverência e afeição do que evocar o grande espírito do passado nas partes mais baixas do Tâmisa. A força da maré corre de um lado para outro, em sua faina incessante, coalhada de recordações de homens e navios que conduziu para o repouso do lar ou para os embates do mar. Conheceu e serviu a todos aqueles dos quais a nação se orgulha, de sir Francis Drake a sir John Franklin, todos fidalgos, com títulos ou sem títulos — os grandes cavaleiros andantes do mar. Conduziu todos aqueles navios cujos nomes brilham como joias na noite dos tempos, desde o *Golden Hind*, retornando com seu bojo redondo abarrotado de tesouros, para ser visitado por Sua Alteza a Rainha e assim sair gigante da história, até o *Erebus* e o *Terror*, empenhados em outras conquistas — e que jamais voltaram. Eles partiram de Deptford, de Greenwich, de Erith — os aventureiros e os colonos; navios de reis e navios de homens de negócios, capitães, almirantes, os terríveis violadores de monopólios no comércio do Oriente, os "generais" comissionados das frotas das Índias Orientais. À caça do ouro ou em busca da fama, todos haviam partido daquele rio, levando a espada e muitas vezes a tocha, mensageiros do poder da terra, portadores de uma centelha do fogo sagrado. Que grandeza não havia partido na vazante daquele rio rumo aos mistérios de uma terra desconhecida!... Sonhos humanos, sementes de comunidades econômicas, germes de impérios.

O sol se pôs; a escuridão desceu sobre o rio, e começaram a acender-se luzes nas margens. O farol de Chapman, armação de três pernas erguida sobre um banco de lama, brilhava forte. Luzes de navios movimentavam-se pelo canal — um grande tráfego de luzes a subir e descer. E, mais a oeste, ainda se via assinalada sinistramente no céu, nos trechos acima do local da cidade monstruosa, uma triste escuridão à luz do dia, um lívido fulgor sob as estrelas.

— E também este — disse Marlow de repente — foi um dos pontos de trevas da terra.

Era o único de nós que ainda "seguia o mar". O pior que se podia dizer dele era que não representava a sua classe. Era um homem do mar, mas também um errante, enquanto a maioria dos homens do mar leva, se assim se pode dizer, uma vida sedentária. Só pensam na ordem de ficar em casa, e levam sempre suas casas consigo — o navio; e também o seu país — o mar. Um navio é muitíssimo igual a outro, e o mar é sempre o mesmo. Na imutabilidade do que os cerca, as praias estrangeiras, os rostos estrangeiros, a mutável imensidão da vida passam deslizando, velados não pelo senso de mistério, mas por uma ignorância ligeiramente desdenhosa; pois nada existe de misterioso para o homem do mar, a não ser o próprio mar, que é a sua amante, tão inescrutável quanto o Destino. Fora isso, após as horas de trabalho, um passeio ou uma farra casuais em terra bastam para desvendar-lhe o segredo de todo um continente, e em geral ele acha que o segredo não vale o esforço de conhecê-lo. As histórias exageradas que contam os homens do mar têm uma simplicidade direta, cujo sentido cabe inteiro numa casca de noz. Mas Marlow não era típico (a não ser em sua queda para contar histórias), e para ele o sentido de um episódio não estava dentro, como uma amêndoa, mas fora, envolvendo a narrativa, que o fazia surgir apenas como um fulgor faz surgir o nevoeiro, como uma dessas diáfanas auras que às vezes se fazem visíveis pela iluminação espectral do luar.

Sua observação não pareceu, de modo algum, surpreendente. Apenas típica dele. Foi recebida em silêncio. Ninguém se deu sequer ao trabalho de grunhir, e ele acabou dizendo, bem devagar:

— Eu estava me lembrando de tempos muito distantes, quando os romanos chegaram aqui pela primeira vez, há mil e novecentos anos... outro dia... A luz brotou deste rio desde... os Cavaleiros, vocês diriam? Sim; mas é como um incêndio que lavra numa planície, como um relâmpago entre as nuvens. Vivemos nesse clarão: que dure enquanto a velha terra continua a girar! Mas havia trevas aqui ainda ontem. Imaginem os sentimentos de um comandante de um ótimo... como é que se chama?... de uma ótima trirreme no Mediterrâneo, que de repente recebe ordem de rumar para o norte; cruzar às pressas a Gália por terra; é posto no comando de uma daquelas embarcações que os legionários... e devem ter sido um formidável bando de homens competentes... construíam, aparentemente às centenas, num ou dois meses, se podemos acreditar no que lemos. Imaginem-no aqui... no próprio fim do mundo, um mar cor de chumbo, um céu cor de fumo, um daqueles navios mais ou menos com a solidez de uma concertina... e subindo este rio com cargas, ou ordens, ou o que mais queiram. Bancos de areia, brejos, matas, selvagens... pouquíssima coisa para um homem civilizado comer, só a água do Tâmisa para beber. Sem vinho de Falerno, sem descer à terra. Aqui e acolá, um acampamento militar perdido na selva, como uma agulha num palheiro... frio, nevoeiro, tempestades, doenças, exílio e morte... a morte à espreita no ar, na água, no mato. Deviam morrer como moscas aqui. Oh, sim... ele, o comandante, fez isso. Muito bem, ainda por cima, sem dúvida, e também sem pensar muito, a não ser depois, para se gabar do que fizera em seu tempo, talvez. Eram bastante homens para enfrentar as trevas. E talvez animasse o nosso comandante a possibilidade de uma promoção para uma frota em Ravena, se tivesse bons amigos em Roma e sobrevivesse àquele clima horrível. Ou então pensem num cidadão decente, de toga... talvez chegado um pouco demais aos dados, vocês sabem... e que viesse para cá no séquito de algum prefeito ou coletor de impostos, ou mesmo comerciante, para refazer a fortuna. Desembarca num pântano, atravessa a mata, e em algum posto no interior sente-se cercado pela selvageria, a extrema selvageria... toda aquela vida misteriosa do agreste que se agita na floresta, na selva, no coração dos selvagens. E não há iniciação para tais mistérios, tampouco. Ele tem de viver no meio do incompreensível, que é também detestável. E a coisa ainda tem o seu fascínio, que atua sobre ele. O fascínio da abominação... vocês sabem. Imaginem o arrependimento cada vez maior, o anseio de fuga, o desgosto impotente, a entrega, o ódio.

Fez uma pausa.

— Vejam bem — recomeçou, erguendo um braço a partir do cotovelo, a mão espalmada, de um modo que, com as pernas cruzadas à sua frente, tinha a pose de um Buda pregando, em trajes europeus, e sem a flor de lótus —, vejam bem, nenhum de nós se sentiria exatamente assim. O que nos salva é a eficiência: a devoção à eficiência. Mas aqueles camaradas não significavam muito, na verdade. Não eram colonos; a administração deles era apenas um arrocho, e nada mais, segundo desconfio. Eram conquistadores, e para isso só é preciso força bruta... nada de que se gabar, quando se a tem, pois essa força é apenas um acaso que resulta da fraqueza de outros. Eles pegavam o que podiam porque estava ali para ser pego. Simples assalto com violência, agravado por assassinato em grande escala, e homens lançando-se cegos naquilo... como é muito justo para os que enfrentam as trevas. A conquista da terra, que em sua maior parte significa tomá-la daqueles que têm uma cor ligeiramente diferente ou narizes ligeiramente mais chatos que os nossos, não é uma coisa bonita quando a gente a olha bem de perto. O que redime é apenas a ideia. A ideia por trás disso; não uma impostura sentimental, mas uma ideia; e uma abnegada crença na ideia... uma coisa que a gente pode erguer, e se curvar diante dela, e oferecer-lhe um sacrifício...

Interrompeu-se. Chamas passavam deslizando pelo rio, chamazinhas verdes, vermelhas, brancas, perseguindo-se umas às outras, alcançando-se, juntando-se, cruzando-se — depois separando-se lenta ou rapidamente. O tráfego da cidade grande prosseguia na noite cada vez mais escura, no rio insone. Nós olhávamos, esperando pacientes — nada mais se podia fazer até o fim da maré enchente; mas foi só após um longo silêncio, quando ele disse, com uma voz hesitante: "Suponho que vocês se lembram de que uma vez cheguei a ser marinheiro de água doce por algum tempo", que soubemos que teríamos de ouvir, antes do início da vazante, uma das inconclusivas experiências de Marlow.

— Não quero maçá-los demais com o que me aconteceu pessoalmente — ele começou, demonstrando com essa observação a fraqueza de muitos contadores de história, que muitas vezes parecem ignorar o que a plateia gostaria de ouvir. — Contudo, para entender o efeito que teve sobre mim, vocês precisam saber como cheguei lá, o que vi, como subi aquele rio até o lugar onde encontrei o pobre-diabo pela primeira vez. Era o ponto mais extremo de navegação, e foi o ponto culminante de minha experiência. Como se, de certa forma, lançasse uma espécie de luz sobretudo a meu respeito... e sobre meus pensamentos. Foi muito incrível, também, e penoso... não extraordinário, de modo algum... e tampouco muito claro. Não, não foi muito claro. E, no entanto, pareceu lançar uma espécie de luz.

"Eu acabava então, como vocês se lembram, de voltar a Londres, após muito Oceano Índico, Pacífico, Mares da China... uma boa dose do Oriente... uns seis anos, mais ou menos, e andava a flanar ao léu, atrasando vocês em seus trabalhos e invadindo suas casas, como se tivesse a celestial missão de civilizá-los. Foi muito bom durante algum tempo, mas chegou uma hora em que me cansei de descansar. Então comecei a procurar um navio... o trabalho mais difícil da terra, eu diria. Mas os navios não queriam nem me ver. E terminei por me cansar também desse jogo.

"Ora, quando eu era menino, tinha paixão por mapas. Ficava horas olhando a América do Sul, ou a África, ou a Austrália, e me perdia em todas as glórias da exploração. Naquele tempo havia muitos espaços vazios na terra, e, quando eu via um que parecia particularmente convidativo num mapa (embora todos pareçam), punha o dedo em cima e dizia: Quando eu crescer, irei lá. Lembro-me de que o Polo Norte era um desses lugares. Bem, não estive lá ainda, e agora não tentarei mais. O encanto acabou. Outros lugares espalhavam-se pelo equador, e por tudo que era latitude nos dois hemisférios. Estive em alguns deles, e... bem, não vamos falar disso. Mas ainda havia um... o maior, o mais vazio, por assim dizer... pelo qual eu suspirava.

"É verdade que, nessa época, já não era mais um espaço vazio. Fora sendo preenchido, desde os dias de minha infância, de rios, lagos e nomes. Deixara de ser um espaço vazio de delicioso mistério... uma mancha branca com a qual um menino podia sonhar gloriosamente. Tornara-se um lugar de trevas. Mas tinha um rio em especial, um rio grande e poderoso, que se podia ver no mapa, parecendo uma imensa serpente esticada, com a cabeça no mar, o corpo em repouso curvando-se sobre uma vasta região, e a cauda perdida nas profundezas da terra. E, vendo o mapa numa vitrina, aquilo me fascinou, como uma cobra fascina um pássaro... um passarinho idiota. Então me lembrei de que uma grande companhia explorava o comércio naquele rio. 'Ao diabo com tudo!', pensei comigo mesmo, não podem comerciar sem usar algum tipo de embarcação nesse pedaço de água doce... navios a vapor! Por que não tentar obter o comando de um? Segui meu caminho, pela Fleet Street, mas não conseguia afastar a ideia. A serpente me encantara.

"Vocês compreendem, era uma companhia da Europa continental, aquela sociedade comercial; mas eu tenho um monte de parentes que moram no continente, porque é barato e não tão ruim quanto parece, dizem eles.

"Sinto confessar que comecei a importuná-los. Aquilo era um novo começo para mim. Não estava acostumado a conseguir as coisas assim, vocês sabem. Sempre fiz meu caminho com minhas próprias pernas, indo aonde me dava na telha. Não teria acreditado que era capaz daquilo; mas também... vocês entendem... eu sentia que tinha de chegar lá de algum modo, por bem ou por mal. E por isso os importunei. Os homens diziam: 'Meu caro amigo', e não faziam nada. Então... acreditam vocês?... tentei as mulheres. Eu, Charlie Marlow, botei as mulheres em campo... para me arranjarem um emprego. Deus do céu! Bem, vocês sabem, era impelido pela ideia. Eu tinha uma tia, alma querida e entusiástica. Ela me escreveu: 'Será delicioso. Estou disposta a fazer qualquer coisa, qualquer coisa por você. E uma ideia gloriosa. Conheço a esposa de um alto personagem na Administração, e também um homem que tem muita influência com' etc. etc. Estava decidida a causar uma confusão de não acabar nunca para me nomearem comandante de um vapor fluvial, se essa era a minha fantasia.

"Arranjei a nomeação, é claro; e bem depressa. Parece que a Companhia tinha recebido notícias de que um de seus comandantes fora morto numa escaramuça com os nativos. Era a minha oportunidade, e me deixou mais ansioso para ir. Só meses e meses depois, quando tentei descobrir o que fora feito do cadáver, foi que soube que a briga original resultara de um mal-entendido sobre umas galinhas. Sim, duas galinhas pretas. Fresleven, assim se chamava o sujeito, um dinamarquês, se julgara de algum modo lesado na transação, e por isso tinha descido à terra e começado a cobrir de bengaladas a cabeça do chefe da aldeia. Oh, não foi nenhuma surpresa saber disso e também ser informado de que Fresleven era a criatura mais delicada e tranquila que já andou sobre duas pernas. Não há dúvida de que era; mas já estava ali empenhado na nobre causa alguns anos, vocês sabem, e na certa sentira necessidade de afirmar afinal, de alguma forma, sua autoestima. Assim, surrou impiedosamente o negro, com uma grande multidão de sua gente observando-o, pasmada, até que um homem... disseram-me que o filho do chefe... desesperado por ouvir o velho berrar, deu uma trêmula estocada com a lança no branco... e é claro que ela entrou facilmente entre as omoplatas. Depois, toda a população sumiu na mata, esperando que sobreviesse todo tipo de calamidade, enquanto, do outro lado, o vapor que Fresleven comandava também partia em grande pânico, sob o comando do maquinista, creio. Depois, ninguém pareceu importar-se muito com os restos mortais de Fresleven, até que apareci eu e assumi o lugar dele. E eu não podia deixar a coisa por isso mesmo; mas, quando se apresentou afinal a oportunidade de encontrar meu antecessor, o mato que crescia entre suas costelas já estava alto o bastante para esconder os ossos. Estavam todos lá. O ser sobrenatural não fora tocado depois que caíra. E a aldeia se achava deserta, as choças negras abertas, desfazendo-se tortas dentro do cercado caído. Uma calamidade abatera-se sobre ela, é claro. As pessoas haviam sumido. Um terror pânico as dispersara, homens, mulheres e crianças, pelo mato adentro, e jamais haviam retornado. O que aconteceu com as galinhas, eu tampouco sei. De qualquer modo, diria que foram colhidas pela causa do progresso. Contudo, foi graças a esse glorioso caso que consegui minha indicação, antes mesmo de começar a ter esperança de consegui-la.

"Foi uma correria louca de um lado para outro, aprontando-me, e, em menos de quarenta e oito horas, eu já atravessava o Canal para me apresentar a meus patrões e assinar o contrato. Em pouquíssimas horas, estava numa cidade que sempre me lembra um sepulcro caiado. Preconceito, sem dúvida. Não me foi difícil encontrar os escritórios da Companhia. Era a coisa maior da cidade, e todos que eu encontrava estavam orgulhosos dela. Iam operar um império no além-mar e ganhar uma profusão de dinheiro com o comércio.

"Uma rua estreita e deserta mergulhada em profunda sombra, casas altas, inúmeras janelas com venezianas, um silêncio mortal, a grama brotando entre as pedras, imponentes arcos para passagem de carruagens por todos os lados, imensas portas duplas que se entreabriam pesadas. Enfiei-me por uma dessas fendas, subi uma escada varrida e sem adornos, árida como um deserto, e abri a primeira porta que encontrei. Duas mulheres, uma gorda e a outra magra, sentadas em cadeiras de assento de palhinha, tricotavam lã negra. A magra levantou-se e marchou direta para cima de mim — ainda a tricotar, com os olhos baixos —, e só no instante mesmo em que eu começava a pensar em sair da frente, como se faria com um sonâmbulo, foi que ela parou e ergueu o olhar. Usava um vestido tão sem graça como uma capa de sombrinha e, voltando-se sem uma palavra, conduziu-me até uma sala de espera. Disse-lhe meu nome e olhei em volta. Mesa de pinho no centro, cadeiras simples ao redor de todas as paredes; numa ponta, um grande mapa reluzente, assinalado com as cores do arco-íris. Muito vermelho — bom de ver na hora, porque a gente sabe que ali se faz um verdadeiro trabalho —, um bocado de azul, um pouco de verde, manchas laranja e, na Costa Oriental, uma mancha púrpura, mostrando onde os alegres pioneiros do progresso tomavam seu festivo chope. Contudo, eu não ia para nenhum daqueles pontos. Ia para o amarelo. Bem no centro. E o rio lá estava — fascinante — mortal — como uma serpente. Ugh! Abriu-se uma porta, surgiu a cabeça branca de um secretário, mas com uma expressão de compaixão, e um ossudo indicador me convocou para dentro do santuário. A luz era tênue, e uma pesada escrivaninha ocupava o centro, acachapada. De trás dessa estrutura vinha uma impressão de pálida gordura, metida numa sobrecasaca. Era o grande homem em pessoa. Tinha um metro e sessenta e poucos, eu diria, e a mão na alça de outros tantos milhões. Apertou minha mão e, imagino, murmurou vagamente sua satisfação com meu francês. *Bon voyage*.

"Uns quarenta e cinco segundos depois, vi-me de novo na sala de espera com o compadecido secretário, que, com grande desolação e simpatia, me fez assinar um documento. Creio que eu me comprometia, entre outras coisas, a não revelar qualquer segredo comercial. Bem, não estou revelando.

"Comecei a ficar ligeiramente nervoso. Vocês sabem que não estou acostumado com tais cerimônias, e havia alguma coisa de sinistro naquela atmosfera. Era como se eu acabasse de ser admitido numa conspiração — não sei —, alguma coisa não muito correta; e me senti satisfeito por sair dali. Na outra sala, as mulheres tricotavam febrilmente. Pessoas chegavam, e a mais jovem ia de um lado para outro, introduzindo-as. A velha permanecia sentada em sua cadeira. Tinha as fofas pantufas equilibradas em cima de um esquenta-pés, e um gato no colo. Usava um pano branco engomado na cabeça, tinha uma verruga numa das faces, e uns óculos de aro de prata pendurados na ponta do nariz. Olhou-me por cima dos óculos. A rápida e indiferente placidez daquele olhar me perturbou. Dois jovens de caras tolas e animadas eram pilotados para dentro, e ela lhes lançou o mesmo olhar rápido de desinteressado conhecimento. Parecia saber tudo sobre eles, e também sobre mim. Fui tomado por uma sensação estranha. Ela parecia misteriosa e fatal. Muitas vezes, lá longe, pensei naquelas duas guardando as portas das Trevas, tricotando lã negra como para uma cálida mortalha, uma delas introduzindo as pessoas continuamente no desconhecido, a outra estudando as caras tolas e animadas com indiferentes olhos velhos. *Ave!* Velha tricotadora de lã negra. *Morituri te salutant.* Não muitos daqueles que ela olhava chegaram a vê-la de novo — nem perto da metade.

"Havia ainda uma visita ao médico.

"— Uma simples formalidade — assegurou-me o secretário, com um ar de quem assumia uma parte imensa de todos os meus sofrimentos. Assim é que um sujeito jovem, com o chapéu caído sobre a sobrancelha esquerda, um amanuense, creio — devia haver amanuenses naquela empresa, embora a casa ainda assim parecesse uma casa numa cidade dos mortos —, desceu de algum lugar lá em cima e conduziu-me em frente. Era mal-amanhado e desleixado, com manchas de tinta nas mangas do paletó, a gravata grande e fofa debaixo de um queixo que parecia o bico de uma bota velha. Era um pouco cedo demais para o médico, de modo que propus uma bebida, e com isso desatou-se nele uma veia de jovialidade. Sentados diante de nossos vermutes, ele glorificava os negócios da Companhia, e, depois de algum tempo, manifestei casualmente minha surpresa pelo fato de ele não ir para lá. No mesmo instante, o homem se tornou muito frio e composto.

"— Não sou tão idiota quanto pareço, disse Platão a seus discípulos — declarou sentenciosamente, esvaziou o copo com grande decisão e levantamo-nos.

"O velho médico me tomou o pulso, evidentemente pensando em outra coisa enquanto o fazia.

"— Bom, por aqui está tudo bem — murmurou, e depois, com certa seriedade, me perguntou se o deixaria medir-me a cabeça. Um tanto surpreso, respondi que sim, ao que ele pegou uma coisa parecendo um compasso e tirou as medidas atrás, na frente e de todos os lados, tomando notas cuidadosamente. Era um homenzinho de barba por fazer, usando um jaleco puído semelhante a uma gabardina, os pés metidos em chinelos, e julguei-o um tolo inofensivo. — Sempre peço permissão, no interesse da ciência, para medir os crânios dos que vão lá para fora — disse.

"— E também quando voltam? — perguntei.

"— Oh, eu nunca os vejo — ele observou. — E além disso, as mudanças se dão internamente, o senhor sabe. — Sorriu, como de uma piada discreta. — Então o senhor está indo para lá. Esplêndido. E interessante, também. — Lançou-me um olhar perscrutador e fez outra anotação. — Já teve algum caso de loucura na família? — perguntou, num tom natural. Senti-me muito irritado.

"— Essa pergunta também é no interesse da ciência?

"— Seria — ele disse, sem ligar para a minha irritação — interessante para a ciência observar as mudanças mentais dos indivíduos *in loco*, mas...

"— O senhor é alienista? — interrompi.

"— Todo médico deve ser... um pouco — respondeu o original, imperturbável. — Eu tenho uma teoriazinha que os *Messieurs* que vão para lá devem me ajudar a provar. É a minha parte nas vantagens que meu país recolherá da posse de uma dependência tão magnífica. A simples riqueza, deixo-a para os outros. Perdoe minhas perguntas, mas o senhor é o primeiro inglês que tenho a oportunidade de examinar...

"Apressei-me a garantir-lhe que não era nem um pouco típico.

"— Se fosse — disse — não estaria conversando deste jeito com o senhor.

"— O que o senhor diz é um tanto profundo, e provavelmente errado — ele disse com um risinho. — Evite mais a irritação que a exposição ao sol. *Adieu*. Como dizem vocês ingleses, hem? *Good-bye*. Ah! *Good-bye*. *Adieu*. Nos trópicos, deve-se antes de tudo manter a calma... — Ergueu o dedo em advertência. — *Du calme, du calme. Adieu.*

"Restava fazer uma coisa — me despedir de minha excelente tia. Encontrei-a triunfante. Tomei uma xícara de chá — a última xícara de chá decente em muitos dias —, e, numa sala de atmosfera repousante, exatamente como se esperaria que fosse a sala de estar de uma dama, tivemos uma longa e tranquila conversa ao pé da lareira. No correr dessas confidências, ficou bastante claro para mim que eu fora descrito à esposa do alto dignitário, e sabe Deus a quantas outras pessoas mais, como uma criatura excepcional e talentosa — um verdadeiro achado para a Companhia —, um homem que não se encontra todo dia. Deus do céu! E eu ia assumir o comando de um vapor fluvial de dois vinténs, com um apito de um! Parecia no entanto que eu era também um dos Trabalhadores, com maiúscula — vocês sabem. Algo assim como um emissário da Luz, uma espécie de apóstolo subalterno. Naquele tempo, haviam desencadeado na imprensa e nas conversas um monte dessas besteiras, e a excelente mulher, vivendo bem no centro de toda essa impostura, fora arrebatada na onda. Falava em 'livrar aqueles milhões de ignorantes de suas maneiras horríveis', até, por minha honra, me deixar bastante incomodado. Aventurei-me a insinuar que a Companhia era organizada com vistas ao lucro.

"— Esqueces, caro Charlie, que o trabalho merece a sua paga — disse, com brilho.

É estranho como as mulheres não têm contato com a verdade. Vivem num mundo particular, e jamais houve nada parecido a esse mundo, e jamais poderá haver. É, no todo, bonito demais, e, se elas o criassem, ele se faria em pedaços antes do primeiro alvorecer. Surgiria algum maldito fato com o qual os homens têm vivido satisfeitos desde o dia da criação e derrubaria tudo.

"Depois disso, vi-me abraçado, aconselhado a usar flanela, ter o cuidado de escrever sempre, e essas coisas todas — e parti. Na rua, não sei por quê, fui tomado por uma sensação estranha, de que eu era um impostor. Coisa curiosa essa: eu, que costumava ir para qualquer parte do mundo num prazo de vinte e quatro horas, sem pensar mais no assunto do que a maioria dos homens pensa para atravessar uma rua, tive um momento — não direi de hesitação, mas de perplexa calma, diante daquele caso insignificante. A melhor maneira de explicar isso a vocês é dizendo que, por um ou dois segundos, me senti como se, em vez de ir para o centro de um continente, estivesse de partida para o centro da Terra.

"Parti num vapor francês, que tocou em todos os portos que eles têm por lá, com o único propósito, até onde pude ver, de desembarcar soldados e funcionários da alfândega. Eu observava a costa. Observar uma costa passando pelo navio é como tentar decifrar um enigma. Lá está ela à nossa frente — sorrindo, de cara fechada, convidativa, grandiosa, mesquinha, insípida ou selvagem, e sempre muda, com um ar de quem murmura: 'Venha e descubra.' Aquela ali era quase sem acidentes, como se ainda em criação, com uma aparência de monótona sobriedade. A borda da selva colossal, tão verde-escura que quase chegava a ser negra, orlada de espuma branca, corria reta como uma régua até muito longe, ao longo de um mar azul cujo brilho era empanado por uma baixa neblina. O sol ardia feroz; a terra parecia reluzir e pingar de vapor. Aqui e ali, surgiam manchas esbranquiçadas, um grupo, dentro da espuma branca, às vezes com uma bandeira flutuando acima. Núcleos populacionais de alguns séculos, e no entanto não maiores que cabeças de alfinetes na intocada vastidão daquele pano de fundo. Nós seguíamos pesadamente, parávamos, desembarcávamos soldados; prosseguíamos, desembarcávamos funcionários da alfândega para cobrar impostos no que parecia um deserto abandonado por Deus, com um barraco de lata e um pau de bandeira ali perdidos; desembarcávamos mais soldados — suponho que para tomar conta dos funcionários da alfândega. Eu soube que alguns se afogavam nas ondas; mas, se se afogavam ou não, ninguém parecia ter qualquer interesse particular nisso. Eram simplesmente jogados ali, e nós seguíamos em frente. Todo dia a costa parecia a mesma, como se não tivéssemos avançado; mas passamos por vários lugares — postos comerciais — de nomes como Gran' Bassam, Pequeno Popo; nomes que pareciam pertencer a uma sórdida farsa encenada diante de um sinistro cenário negro. A ociosidade própria do passageiro, meu isolamento entre todos aqueles homens com os quais não tinha qualquer ponto de contato, o mar oleoso e lânguido, a triste uniformidade da costa pareciam manter-me afastado da verdade das coisas, dentro do esforço de uma ilusão melancólica e sem sentido. A voz das ondas, de vez em quando ouvida, era um prazer positivo, como a fala de um irmão. Uma coisa natural, que tinha sua razão, que tinha um sentido. De vez em quando um barco, vindo da praia, me permitia um momentâneo contato com a realidade. Uns camaradas negros movimentavam os remos. Podia-se ver de longe o branco dos olhos deles reluzindo. Gritavam, cantavam; os corpos escorriam de suor; os rostos pareciam máscaras grotescas — aqueles sujeitos; mas tinham ossos, músculos, uma vitalidade selvagem, movimentos de intensa energia, que eram naturais e autênticos como as ondas ao longo de seu litoral. Não precisavam de desculpas para estar ali. Eram um grande conforto para o olhar. Por um momento, eu sentia que ainda pertencia a um mundo de fatos singelos, mas a sensação não durava muito. Surgia alguma coisa para espantá-la. Lembro-me de que uma vez encontramos um vaso de guerra ancorado ao largo da costa. Não havia uma choça sequer ali, mas ele bombardeava o mato. Parece que os franceses estavam tendo uma de suas guerras nas redondezas. A bandeira caía derreada como um trapo; as bocas dos longos canhões de seis polegadas projetavam-se de todo o baixo casco; as ondas gordurosas e escorregadias o jogavam preguiçosamente para cima e depois o deixavam cair, fazendo oscilar os finos mastros. Naquela vazia imensidão de terra, céu e água, lá estava ele, incompreensível, disparando sobre o continente. Pou! — disparava um dos canhões; uma pequena chama brotava e desaparecia, uma pequena fumaça branca se desfazia, um minúsculo projétil dava um débil assobio e nada acontecia. Nada podia acontecer. Havia um toque de insanidade naquilo, uma sensação de lúgubre bufoneria naquela visão; e isso não se dissipou quando alguém a bordo me garantiu a sério que havia ali um acampamento de nativos — o homem chamava-os de inimigos! — escondido em alguma parte, fora das vistas.

"Entregamos a correspondência (eu soube que os homens naquele navio solitário estavam morrendo de febre, numa média de três por dia) e seguimos nosso caminho. Tocamos em mais alguns lugares com nomes de farsa, onde prossegue a alegre dança da morte e do comércio numa atmosfera parada e terrena como a de uma catacumba superaquecida; ao longo de toda a costa informe orlada de ondas perigosas, como se a própria natureza tivesse tentado afastar os intrusos; entrando em rios e saindo, correntes de morte em vida, cujas margens se desfaziam em lama, cujas águas, engrossadas em limo, invadiam os mangues retorcidos, que pareciam fervilhar para nós nas vascas de um desespero impotente. Em parte alguma paramos o bastante para ter uma impressão particular, mas a sensação geral de vaga e opressiva perplexidade aumentava em mim. Era como uma fatigada peregrinação por entre sugestões de pesadelos.

"Só mais de trinta dias depois fui ver a boca do grande rio. Ancoramos ao largo da sede do governo. Mas meu trabalho só começaria ainda uns trezentos quilômetros adiante. Assim, tão logo pude, parti para um local quarenta e cinco quilômetros acima.

"Viajei num pequeno vapor marítimo. O comandante era um sueco que, sabendo-me homem do mar, me convidou para a ponte. Era um jovem esbelto, louro e soturno, de cabelos escorridos e passo arrastado. Quando deixávamos o miserável portinho, ele acenou desdenhosamente com a cabeça em direção à margem.

"— Andou vivendo aí? — perguntou.

"— Sim — respondi.

"— Boa turma esses sujeitos do governo, não é? — ele prosseguiu, falando inglês com grande precisão e considerável ressentimento. — É engraçado o que algumas pessoas fazem em troca de alguns francos por mês. Imagino o que acontece com essa gente quando se mete pelo interior.

"Respondi-lhe que esperava ver isso em breve.

"— É mesmo!? — ele exclamou. Arrastou-se para um lado, mantendo um olho à frente, vigilante. Não tenha tanta certeza — continuou. — Outro dia peguei um homem que se enforcou na viagem. E era sueco.

"— Se enforcou! Por quê, em nome de Deus? — exclamei.

"Ele continuava vigilante.

"— Quem sabe? O sol foi demais para ele, ou a região, talvez.

"Alcançamos afinal um remanso. Apareceram um penhasco, montes de terra revirada na margem, casas num morro, outras com telhado de zinco, em meio a um terreno cheio de escavações, ou penduradas na encosta. O contínuo barulho da correnteza acima pairava sobre esse cenário de habitada devastação. Muita gente, em sua maioria negros e nus, movimentava-se por ali como formigas. Um embarcadouro projetava-se rio adentro. E um sol cegante mergulhava tudo isso, às vezes, num súbito recrudescimento de fulgor.

"— Lá está o posto de sua Companhia — disse o sueco, apontando na encosta rochosa três construções de madeira em estilo quartel. — Depois eu mando suas coisas para lá. Quatro caixas, disse o senhor? Muito bem. Adeus.

"Deparei-me com uma caldeira coberta pelo mato, e depois descobri uma trilha que subia o morro. Contornava as rochas, e também um pequeno vagão ferroviário emborcado, com as rodas para cima. Uma delas caíra. A coisa parecia tão morta quanto a carcaça de um animal. Dei com outras peças de maquinário em decomposição, uma pilha de trilhos enferrujados. À esquerda, um grupo de árvores criava uma zona de sombra, onde umas coisas escuras pareciam mover-se debilmente. Pisquei os olhos, a trilha era íngreme. Um apito soou à direita e vi os negros correrem. Uma detonação pesada e abafada abalou o chão, uma bola de fumaça saiu do penhasco, e foi só. Nenhuma mudança se operou na face do rochedo. Estavam construindo uma estrada de ferro. O penhasco não estava no caminho de nada; mas aquela explosão sem objetivo era todo o trabalho que se fazia.

"Um leve tinido metálico às minhas costas fez-me virar a cabeça. Seis negros adiantavam-se em fila, mourejando na trilha. Caminhavam eretos e devagar, as cabeças cobertas de terra, e o tinido acompanhava suas passadas. Em torno das virilhas, traziam trapos negros, cujas curtas pontas, atrás, balançavam de um lado para outro, como caudas. Eu via cada costela, as juntas dos membros pareciam nós numa corda; cada um tinha uma argola de ferro em torno do pescoço, e todos eram ligados por uma corrente cujos elos balançavam entre eles, naquele tinido ritmado. Outro estampido no penhasco me fez pensar de repente no tal vaso de guerra que eu vira disparando sobre o continente. Era o mesmo tipo de voz sinistra; mas aqueles homens, por mais esforço de imaginação que se fizesse, não podiam ser chamados de inimigos. Chamavam-nos de criminosos, e a lei ofendida, como as granadas que explodiam, abatera-se sobre eles como um mistério insolúvel, que vinha do mar. Todos aqueles magros peitos arquejavam juntos, estremeciam as narinas violentamente dilatadas, os olhos miravam pétreos morros acima. Passaram a um palmo de mim sem um olhar, com aquela completa e mortal indiferença dos selvagens infelizes. Atrás dessa matéria-prima, um dos condutores, produto das novas forças em ação, caminhava indolente, segurando um fuzil pelo meio. Usava um dólman de uniforme ao qual faltava um botão e, vendo um branco na trilha, levou a arma ao ombro com entusiasmo. Tratava-se de simples prudência, pois os brancos eram tão semelhantes, a distância, que ele não podia saber quem era eu. Logo se tranquilizou, e com um largo e branco sorriso canalha, e uma olhada a seus presos, pareceu tomar-me como sócio de sua exaltada responsabilidade. Afinal, também eu fazia parte da grande causa daqueles elevados e justos procedimentos.

"Em vez de subir, virei-me e desci para a esquerda. Pensava em deixar aquele bando acorrentado sumir de vista antes de subir o morro. Vocês sabem que não sou particularmente sentimental; já tive de ir às vias de fato. Tive de resistir e atacar, às vezes — e só há um meio de resistir — sem contar o custo exato, de acordo com as necessidades do tipo de vida em que fora cair. Já vi o demônio da violência, e o demônio da ambição, e o demônio do desejo ardente; mas, por todos os astros! esses eram demônios fortes, sequiosos, de olhos sanguinolentos, que dominavam e arrebanhavam homens — homens, digo a vocês. Parado ali, naquela encosta, previ que, ao sol cegante daquela terra, ia conhecer um demônio mole, de olhar débil, de uma loucura rapace e impiedosa. E até onde podia ser insidioso, também, foi uma coisa que só vim a descobrir vários meses e uns mil e quinhentos quilômetros depois. Por um momento, fiquei estarrecido, como por uma advertência. Acabei descendo o morro em diagonal, rumo às árvores que tinha visto.

"Evitei um imenso buraco artificial que alguém estivera cavando na encosta, e cujo propósito me foi impossível adivinhar. De qualquer modo, não era uma pedreira ou um poço de areia. Apenas um buraco. Talvez ligado ao filantrópico desejo de dar aos criminosos alguma coisa para fazer. Não sei. Depois, quase caí numa ravina muito estreita, quase uma simples cicatriz na encosta. Descobri que um monte de canos de drenagem importados para a colônia fora jogado ali. Não havia um só que não estivesse quebrado. Uma destruição indiscriminada. Afinal cheguei à sombra embaixo das árvores. Meu objetivo era ficar à sombra por um momento; mas assim que entrei nela, foi como se entrasse no negro círculo de um inferno. O rio corria próximo, e um barulho ininterrupto, uniforme, direto e sibilante enchia a triste quietude do bosquete, onde não soprava a menor viração, nem uma folha se mexia, mas se ouvia um som misterioso — como se o áspero deslocamento da terra no espaço se houvesse de repente tornado audível.

"Vultos negros se achavam acocorados, deitados, sentados entre as árvores, recostados nos troncos, grudados à terra, meio à vista, meio ocultos dentro da penumbra, em todas as atitudes de sofrimento, abandono e desespero. Outra mina explodiu no penhasco, seguida por um leve tremor do solo sob meus pés. O trabalho prosseguia. A obra! E aquele era o lugar para o qual alguns dos ajudantes se haviam retirado, para morrer.

"Morriam lentamente — isso estava bastante claro. Não eram inimigos, não eram criminosos, não eram nada terreno agora — nada, a não ser negras sombras de doença e fome, jazendo embolados na penumbra esverdeada. Trazidos de todos os recessos da costa, em toda a legalidade dos contratos por tempo, perdidos em ambientes desagradáveis, alimentados com comida desconhecida, adoeciam, tornavam-se ineficazes e deixavam-nos então rastejar e repousar. Aqueles vultos moribundos eram livres como o ar — e quase igualmente diáfanos. Comecei a distinguir o brilho dos olhos debaixo das árvores. Depois, baixando o olhar, vi um rosto perto de minha mão. Os ossos negros reclinavam-se ao comprido, com um ombro apoiado na árvore, e lentamente as pálpebras se ergueram e os olhos fundos me fitaram, enormes e vazios, uma espécie de adejo cego e branco nas profundezas das órbitas, que morria lentamente. O homem parecia jovem — quase um menino —, mas, vocês sabem, com eles é difícil dizer. Não encontrei outra coisa a fazer senão oferecer-lhe um dos biscoitos do navio do meu bom sueco, que trazia no bolso. Os dedos fecharam-se vagarosamente sobre ele e o seguraram — não houve nenhum outro movimento ou olhar. Ele tinha um pedaço de fio de algodão branco amarrado em volta do pescoço... Por quê? Onde o conseguira? Seria um emblema... um enfeite... um amuleto... um ato propiciatório? Estava aquilo ligado a uma ideia qualquer que fosse? Parecia espantoso em torno do pescoço negro, aquele pedaço de fio branco vindo de além dos mares.

"Perto da mesma árvore, mais dois feixes de ângulos agudos sentavam-se com as pernas encolhidas. Um, com o queixo apoiado nos joelhos, fitava o vazio, de uma maneira intolerável e apavorante; o fantasma seu irmão repousava a testa, como se vencido por um grande cansaço; e por toda a volta outros se espalhavam em todas as posições de contorcido colapso, como num quadro de massacre e pestilência. Quando me levantei horrorizado, uma daquelas criaturas se pôs de quatro e assim se dirigiu até o rio, para beber água. Bebeu jogando a água com a mão na boca, depois se sentou ao sol, cruzando as canelas na frente, e, após algum tempo, deixou cair a cabeça lãzuda sobre o peito.

"Eu não queria me demorar mais à sombra, e saí depressa em direção ao posto. Perto da casa, encontrei um branco, em trajes de uma elegância tão inesperada que no primeiro instante o tomei por uma espécie de visão. Vi um colarinho alto engomado, punhos brancos, um leve paletó de alpaca, calças de um branco imaculado, gravata limpa e botas envernizadas. Não usava chapéu. Cabelo repartido, escovado, oleado, debaixo de um guarda-sol verde, seguro por uma grande mão branca. Era espantoso, e tinha uma caneta atrás da orelha.

"Apertei a mão daquele milagre e soube que era o contador-chefe da Companhia, que se fazia toda a contabilidade naquele posto. Ele me disse que saíra por um instante 'para respirar um pouco de ar fresco'. Essa expressão soou maravilhosamente curiosa, com a sugestão de uma vida sedentária atrás de uma carteira. Eu não teria falado desse sujeito a vocês, não fosse o fato de que foi pelos lábios dele que ouvi o nome do homem tão indissociavelmente ligado às lembranças dessa época. Além disso, eu respeitava o sujeito. Sim, respeitava os colarinhos, os enormes punhos de camisa, o cabelo escovado. Parecia sem dúvida um manequim de cabeleireiro; mas em meio à grande desmoralização daquela terra, cuidava da sua aparência. Isso é fibra. Aqueles colarinhos engomados e peitilhos de camisa rendados eram atos de caráter. Ele estava ali havia quase três anos; e, depois, não pude deixar de perguntar-lhe como conseguia ostentar tanta roupa branca. O homem corou um mínimo e disse com modéstia:

"— Ensinei a uma das nativas que vivem no posto. Foi difícil. Ela não gostava do trabalho.

"Assim, aquele homem havia de fato realizado alguma coisa. E era dedicado a seus livros, que se mantinham numa ordem impecável.

"Tudo mais no posto estava uma bagunça — cabeças, coisas, casas. Filas de negros cobertos de poeira, os pés cambados, chegavam e partiam; um fluxo de bens manufaturados, algodões, contas e quinquilharias baratas partia para dentro das profundezas das trevas, e em troca vinha um precioso pinga-pinga de marfim.

"Fui obrigado a esperar no posto durante dez dias — uma eternidade. Vivia num barraco no pátio, mas, para sair do caos, entrava às vezes no escritório do contador. Era construído com tábuas horizontais, tão malmontadas que, quando ele se curvava sobre sua mesa, ficava listado do pescoço aos calcanhares com estreitas faixas de sol. Não era preciso abrir a grande janela para ver o que se passava lá fora. E também era quente ali dentro; grandes moscas zumbiam demoniacamente, e não ferroavam — esfaqueavam. Em geral, eu me sentava no chão, enquanto ele, com sua aparência impecável (e até levemente perfumado), empoleirado num alto tamborete, escrevia. Às vezes levantava-se para exercitar-se. Quando instalaram ali uma padiola com um doente (algum inválido agente vindo do interior), demonstrou polida irritação.

"— Os gemidos desse doente — dizia — distraem a minha atenção. E sem atenção é extremamente difícil evitar erros de escrituração neste clima.

"Um dia observou, sem erguer a cabeça:

"— No interior, o senhor vai sem dúvida conhecer o sr. Kurtz. — Quando perguntei quem era, ele disse que se tratava de um agente de primeira classe; e, notando minha decepção com essa informação, acrescentou lentamente, largando a pena. — É uma pessoa bastante notável. — Outras perguntas arrancaram dele que o sr. Kurtz estava atualmente à frente de um posto comercial, muito importante, na verdadeira região do marfim, 'no fundo mesmo dela. Envia tanto marfim quanto todos os outros juntos...' Recomeçou a escrever. O paciente estava doente demais para gemer. As moscas zumbiam naquela grande paz.

"De repente, ouviu-se um crescente murmúrio de vozes e um grande tropel de pés. Chegara uma caravana. Um violento murmúrio de vozes estranhas explodiu do outro lado das tábuas. Todos os carregadores falavam juntos, e, no meio da barulheira, ouviu-se a lamentável voz do principal agente 'desistir' chorosamente pela vigésima vez naquele dia... O contador levantou-se devagar.

"— Que barulho espantoso — disse. Atravessou a sala delicadamente para olhar o doente, e ao voltar me disse: — Ele não escuta.

"— Como? Morto? — perguntei, assustado.

"— Não, ainda não — ele respondeu, com grande compostura. Depois, referindo-se com um aceno de cabeça ao tumulto no pátio do posto: — Quando a gente tem de fazer anotações precisas, passa a odiar esses selvagens... odiá-los de morte. — Quedou-se pensativo por um instante. Quando o senhor vir o sr. Kurtz — prosseguiu — diga-lhe de minha parte que tudo aqui — olhou a mesa — está indo muito bem. Não gosto de escrever a ele... com esses nossos mensageiros, a gente nunca sabe quem vai receber nossas cartas... aqui no posto central. — Fixou-me por um momento com seus olhos brancos e saltados. — Oh, ele irá longe, muito longe — recomeçou. — Antes de muito tempo, será alguém na administração. Eles, lá em cima... o conselho, na Europa, o senhor sabe... pretendem que ele seja.

"Voltou ao seu trabalho. O barulho lá fora cessara, e, quando por fim me retirava, parei na porta. Em meio ao constante zumbido das moscas, o agente que ia para casa jazia estendido e sem sentidos; o outro, curvado sobre seus livros, fazia anotações corretas de transações perfeitamente corretas; e uns quinze metros abaixo do batente da porta, eu via as imóveis copas das árvores do bosquete da morte.

"No dia seguinte, deixei finalmente o posto, com uma caravana de sessenta homens, para uma caminhada de trezentos quilômetros.

"Não adianta falar muito disso a vocês. Trilhas, trilhas, por toda parte; uma rede de trilhas espalhando-se pela terra vazia, por entre mato alto, mato queimado, moitas, descendo ravinas apavorantes, subindo e descendo morros de pedra escaldantes de calor; e uma solidão, uma solidão, ninguém, nem uma choça. A população sumira muito tempo atrás. Bem, se um bando de negros misteriosos, armados com todo tipo de armas temíveis, passasse de repente a percorrer a estrada entre Deal e Gravesend, pegando os caipiras a torto e a direito para transportar pesadas cargas para eles, imagino que todas as fazendas e cabanas das redondezas ficariam vazias em muito pouco tempo. Só que, ali também, as moradas haviam desaparecido. Contudo, passei por muitas aldeias abandonadas. Existe algo de pateticamente infantil nas ruínas de paredes de palha. Dia após dia, a batida e arrasto de sessenta pares de pés descalços às minhas costas, cada par debaixo de um fardo de trinta quilos. Acampar, cozinhar, dormir, levantar acampamento, marchar. De vez em quando, um carregador morto sob a carga, repousando no mato alto perto da trilha, com uma cabaça d'água vazia e o longo cajado ao lado.

Um grande silêncio em torno e acima. Talvez numa noite tranquila, o tremor de tambores distantes, baixando, subindo, um tremor imenso, fraco; um som fantástico, atraente, sugestivo e bárbaro — e talvez com um significado tão profundo quanto o som dos sinos num país católico. Uma vez, um branco de uniforme desabotoado, acampado na trilha com uma escolta armada de magros zanzibares, muito hospitaleiro e festivo — para não dizer bêbedo —, declarou que cuidava da manutenção da estrada. Não posso dizer que vi alguma estrada ou alguma manutenção, a menos que o cadáver de um negro de meia-idade, com um buraco de bala na testa, no qual eu literalmente tropecei uns cinco quilômetros adiante, possa ser considerado uma melhoria permanente. Tive um companheiro branco também, um sujeito nada mal, mas um tanto gordo demais e com o hábito exasperante de desmaiar nas encostas quentes, a quilômetros da menor sombra ou água. É chato, vocês sabem, ficar segurando o próprio paletó como um guarda-sol sobre a cabeça de alguém, enquanto ele volta a si. Não pude deixar de perguntar-lhe certa vez o que pretendia indo ali, afinal.

"— Ganhar dinheiro, é claro. Que é que o senhor pensa? — ele disse com um ar de tristeza. Depois pegou uma febre, e teve de ser carregado numa rede amarrada num pau. Como pesava mais de cem quilos, tive brigas e mais brigas com os carregadores. Eles empacavam, fugiam, escapuliam com as cargas à noite, um verdadeiro motim. Assim, certa noite, fiz um discurso em inglês, com gestos, nenhum dos quais deixou de ser entendido pelos sessenta pares de olhos à minha frente, e na manhã seguinte partimos com a rede na frente, claro. Uma hora depois, encontrei tudo embolado num matagal — o homem, a rede, gemidos, lençóis, horrores. O pesado pau pelara o nariz dele, que estava muito ansioso para que eu matasse alguém. Mas não havia nem sombra de carregador por perto. Lembro-me do velho médico: 'Seria interessante para a ciência observar as transformações mentais dos indivíduos, *in loco*.' Senti que estava me tornando cientificamente interessante. No entanto, tudo isso para nada. No décimo quinto dia, tornei a avistar o grande rio, e entrei cambaleando no Posto Central. Ficava num remanso cercado por matagais e florestas, com uma bela margem de lama malcheirosa de um lado e protegido nos três outros por uma desatinada cerca de juncos. O único portão que havia era uma brecha casual, e a primeira olhada no lugar já bastava para ver o débil pobre-diabo que dirigia aquele espetáculo. Brancos com longos cajados nas mãos apareciam indolentes por entre as casas, saindo para dar-me uma espiada, e depois sumiam de vista em alguma parte. Um deles, um sujeito robusto, nervoso, bigodes negros, informou-me com grande volubilidade e muitas digressões, assim que eu lhe disse quem era, que meu vapor estava no fundo do rio. Fiquei pasmado. Que, como, por quê? Oh, estava 'tudo bem'. O 'próprio gerente' estava lá. Tudo muito direito. 'Todos se haviam comportado esplendidamente!'

"— O senhor deve — disse, agitado — ir ver logo o gerente geral. Ele está à sua espera.

"Não percebi de imediato o verdadeiro significado daquele naufrágio. Imagino que percebo hoje, mas não tenho muita certeza — de jeito nenhum. Sem dúvida, o caso era demasiado estúpido — quando penso nisso — para ser inteiramente natural. Contudo... Mas no momento, apresentava-se simplesmente como uma maldita chateação. O vapor afundara. Eles haviam partido rio acima dois dias antes, numa súbita pressa, com o gerente a bordo, sob o comando de um comandante voluntário, e em menos de três horas já tinham rasgado o fundo do vapor contra as pedras, afundando perto da margem sul. Perguntei-me o que iria fazer ali, agora que perdera meu navio. Na verdade, tinha muito que fazer, pescando meu comando do fundo do rio. Precisava começar logo no dia seguinte. Isso e os consertos, quando trouxesse os pedaços para o posto, levariam alguns meses.

"Minha primeira entrevista com o gerente foi curiosa. Ele não me convidou a sentar, após minha caminhada de trinta quilômetros naquela manhã. Tinha tez, maneiras e voz vulgares. Estatura mediana e estrutura comum. Os olhos, do azul habitual, eram talvez marcadamente frios, e ele sem dúvida sabia fazê-los cair sobre uma pessoa como um trinchante, e pesado como um machado. Mas, mesmo naquele tempo, o resto de sua pessoa parecia negar tais intenções. Fora isso, tinha apenas uma expressão indefinível e tênue nos lábios, uma coisa furtiva — um sorriso — não sorriso — eu lembro, mas não posso explicar. Era inconsciente, aquele sorriso, embora depois que ele dizia alguma coisa o sorriso se intensificasse por um instante. Vinha ao fim de suas falas como um selo aposto às palavras, para fazer o sentido da frase mais comum parecer absolutamente inescrutável. Era um negociante comum, empregado desde a juventude naquelas terras — nada mais. Obedeciam-lhe, mas ele não inspirava nem amor nem ódio, nem mesmo respeito. Inspirava inquietação. Era isso! Inquietação. Não uma desconfiança definida — apenas inquietação —, nada mais. Vocês não fazem ideia de como uma tal... faculdade às vezes funciona. Ele não tinha gênio para organização, para iniciativa, ou sequer para a ordem. Isso se via em coisas como o estado deplorável do posto. Não tinha cultura, nem inteligência. Sua posição viera-lhe — por quê? Talvez porque nunca adoecesse... Cumprira três contratos de três anos lá fora... Pois a verdade é que a saúde triunfante, em meio à decomposição geral dos corpos, constitui uma espécie de poder em si. Quando voltava para casa de férias, ele farreava à grande — pomposamente. Marinheiro em terra — com uma diferença — só na aparência. Isso se percebia em sua conversa casual. Não iniciava nada, apenas mantinha a rotina em andamento — só isso. Mas era ótimo. Era ótimo pelo simples fato de que não se podia dizer o que controlava um tal homem. Ele jamais traía esse segredo. Talvez nada tivesse por dentro. Essa desconfiança fazia a gente parar — pois lá fora não havia freios externos. Certa vez, quando várias doenças tropicais derrubaram quase todos os 'agentes' do posto, ouviram-no dizer: 'Quem vem para cá não deve ter entranhas.' Selou a declaração com aquele seu sorriso, como se fosse uma porta abrindo-se para as trevas que ele guardava. A gente imaginava ter visto alguma coisa — mas o selo caía. Quando se aborreceu, na hora das refeições, com as constantes brigas dos brancos sobre questões de precedência, ordenou que fizessem uma imensa mesa redonda, para a qual foi preciso construir uma casa especial. O refeitório do posto. O lugar onde ele se sentava era o primeiro — o resto não era nada. Sentia-se que era essa a sua inabalável convicção. Não era educado nem mal-educado. Era discreto. Deixava que seu 'moleque' — um jovem negro superalimentado da costa — tratasse os brancos, diante dele, com uma insolência provocadora.

"Pôs-se a falar assim que me viu. Eu me demorara demais no caminho. Ele não pudera esperar. Tivera de partir sem mim. Os postos rio acima precisavam ser rendidos. Houvera tantos atrasos que ele não sabia quem estava vivo ou morto, e como estavam passando — e por aí foi. Não deu atenção às minhas explicações e, brincando com um bastão de cera de timbrar, repetiu várias vezes que a situação era 'muito grave, muito grave'. Corriam rumores de que um posto muito importante estava em perigo, e seu chefe, o sr. Kurtz, doente. Esperava que não fosse verdade. O sr. Kurtz era... Eu me sentia cansado e irritadiço. Ao diabo com Kurtz, pensei. Interrompi-o dizendo que já ouvira falar do sr. Kurtz na costa.

"— Ah! Quer dizer que falam dele lá embaixo! — murmurou para si mesmo. E recomeçou, assegurando-me que o sr. Kurtz era o melhor agente que tinha, um homem excepcional, da maior importância para a Companhia; por conseguinte, eu podia entender sua ansiedade. Estava, disse, 'muito, muito preocupado mesmo'. Sem dúvida, mexia-se um bocado na cadeira, e exclamou: — Ah, o sr. Kurtz! — Quebrou o bastão de cera e pareceu perplexo com o acidente. Em seguida quis saber 'quanto tempo levaria para... Tornei a interrompê-lo. Estando faminto, vocês sabem, e mantido de pé ainda por cima, começava a ficar bravo.

"— Como posso saber? — disse. — Nem sequer vi o naufrágio... alguns meses, sem dúvida. — Toda aquela conversa me parecia tão fútil.

"— Alguns meses — ele disse. — Bem, digamos três meses até podermos partir. Sim. Isso deve resolver o caso.

"Deixei furioso a sua cabana (ele morava completamente só, numa cabana de barro com uma espécie de varanda), murmurando para mim mesmo a opinião que fazia dele. Era um idiota tagarela. Depois retirei a acusação, quando percebi, surpreendido, com que extrema exatidão ele calculara o tempo necessário para 'o caso'.

"Pus-me a trabalhar no dia seguinte, dando, por assim dizer, as costas ao posto. Parecia-me que só assim poderia manter o controle sobre os fatos redentores da vida. Contudo, às vezes a gente tem de olhar em volta; e então eu via aquele posto, aqueles homens perambulando ao léu, ao sol, no pátio. Perguntava-me às vezes o que significava tudo aquilo. Eles perambulavam de um lado para outro, com aqueles absurdos cajados longos nas mãos, como um bando de peregrinos sem fé, enfeitiçados por trás de uma cerca podre. A palavra 'marfim' soava no ar, sussurrada, suspirada. Dir-se-ia que rezavam a ela. Uma aragem de imbecil rapacidade soprava por aquilo tudo, como a brisa de um cadáver. Por Júpiter! Nunca vi nada tão irreal em minha vida. E, do lado de fora, a silenciosa selva que cercava aquele minúsculo ponto de terra capinada parecia-me uma coisa grandiosa e invencível, como o mal, ou a verdade, esperando pacientemente o desaparecimento daquela fantástica invasão.

"Ah, aqueles meses! Bem, deixem pra lá. Várias coisas aconteceram. Certa noite, um barraco cheio de morim, algodão estampado, contas e não sei mais o quê explodiu em chamas tão de repente que foi como se a terra se houvesse aberto e soltado um fogo vingador para consumir todo aquele lixo. Eu fumava calmamente meu cachimbo, junto do meu desmantelado vapor, e via aqueles homens todos dando cabriolas contra a luz, com os braços muito erguidos, quando o homem robusto de bigodes desceu embalado até o rio, um balde metálico na mão, me garantiu que todo mundo estava 'se comportando esplendidamente, esplendidamente', apanhou cerca de meio balde de água e disparou de volta. Notei que havia um furo no fundo do balde.

"Subi calmamente. Não havia pressa. Sabem, a coisa toda ardera como uma caixa de fósforos cheia. Não havia esperança desde o início. As chamas crepitavam alto, afastavam todos, iluminavam tudo — e logo abaixaram. O barraco já era um monte de brasas ardendo intensamente. Ali perto, espancavam um negro. Diziam que ele provocara o incêndio, de alguma forma; fosse como fosse, o desgraçado berrava horrivelmente. Vi-o depois, durante vários dias sentado num pouco de sombra, parecendo muito doente e tentando recuperar-se: depois, levantou-se e foi-se — e a selva, sem um som, tornou a recebê-lo em seu seio. Quando me aproximei do fulgor, vindo da escuridão, vi-me atrás de dois homens que conversavam. Ouvi pronunciarem o nome de Kurtz, e depois as palavras 'aproveitar-se deste infeliz acidente'. Um dos homens era o gerente. Desejei-lhe uma boa noite.

"— O senhor já viu uma coisa dessas, hem? É incrível — ele disse, e afastou-se. O outro homem ficou. Era um agente de primeira classe, jovem, cavalheiresco, um tanto reservado, de barbinha bifurcada e nariz adunco. Mostrava-se arredio com os outros agentes, que por sua vez diziam ser ele um espião do gerente no meio deles. Quanto a mim, mal lhe falara antes. Pegamos a conversar, e acabamos por nos afastar das ruínas chiantes. Então ele me convidou para o seu quarto, que ficava na casa principal do posto. Acendeu um fósforo, e percebi que o jovem aristocrata tinha não apenas um estojo de artigos de toalete em prata, mas também toda uma vela só para si. Naquele tempo, supunha-se que só o gerente tinha direito a velas. Tapetes nativos cobriam as paredes de barro; uma coleção de lanças, azagaias, escudos e facas pendia das paredes como troféus. A responsabilidade dele era a fabricação de tijolos — ou pelo menos era o que tinham me dito; mas não havia um só fragmento de tijolo em todo o posto, e ele já estava ali havia um ano — esperando. Parece que não podia fazer tijolos sem uma certa coisa, não sei o quê — palha, talvez. De qualquer modo, a tal coisa não podia ser encontrada ali, e como não era provável que a enviassem da Europa, não ficou claro para mim o que era que ele esperava. Um ato de criação especial, talvez. Contudo, todos esperavam — todos os dezesseis ou vinte peregrinos ali — alguma coisa; e, por minha honra, não parecia uma ocupação desagradável, a julgar pelo modo como a aceitavam, embora a única coisa que lhes chegasse fosse a doença — até onde eu podia ver. Matavam o tempo brigando e intrigando uns contra os outros de uma maneira tola. Havia naquele posto uma atmosfera de conspiração, mas nada resultava, claro. Era tão irreal quanto tudo mais — como a falsa filantropia de toda a empresa, como a conversa deles, como o governo deles, como a exibição de trabalho que faziam. A única sensação autêntica era o desejo de ser nomeado para um posto comercial onde se obtivesse marfim, para poder ganhar percentagens. Intrigavam, difamavam e odiavam uns aos outros apenas por isso — mas quanto a levantar um dedinho que fosse para fazer alguma coisa na verdade — ah, não. Deus do céu! Existe alguma coisa no mundo, afinal, que permite a um homem roubar um cavalo, enquanto outro não deve nem olhar para um cabresto. Roubar um cavalo pura e simplesmente. Muito bem. Roubou. Talvez saiba montar. Mas há um jeito de olhar um cabresto que causaria um ataque no mais caridoso dos santos.

"Eu não fazia a mínima ideia do motivo pelo qual ele queria ser sociável, mas, enquanto conversávamos ali, ocorreu-me de repente que o sujeito tentava conseguir alguma coisa — na verdade, interrogava-me. Referia-se constantemente à Europa, a pessoas que eu devia conhecer lá, fazendo-me perguntas que levavam a meus amigos na cidade sepulcral, e assim por diante. Seus olhinhos brilhavam como discos de mica — de curiosidade —, embora ele tentasse manter um certo ar superior. A princípio isso me surpreendeu, mas logo fiquei muitíssimo curioso para ver o que ele descobriria de mim. Não podia imaginar o que possuía que valesse a pena. Era muito agradável ver como ele se confundia, pois na verdade eu tinha o corpo cheio apenas de calafrios, e nada na cabeça além daquela história infeliz do vapor. Era evidente que o homem me tomava por um mentiroso inteiramente despudorado. Afinal aborreceu-se, e, para esconder um impulso de furiosa irritação, bocejou. Levantei-me. Então notei um pequeno desenho a óleo num painel, representando uma mulher, envolta nas dobras de um tecido e de olhos vendados, segurando uma tocha acesa. O fundo era escuro, quase negro. O movimento da mulher parecia imponente, e o efeito da luz da tocha no rosto, sinistro.

"O quadro me fez parar, e ele se pôs ao lado educadamente, segurando uma garrafa de champanhe vazia de meio quartilho (confortos medicinais) com uma vela enfiada no gargalo. Em resposta a uma pergunta minha, disse que o sr. Kurtz o pintara — naquele mesmo posto, havia mais de um ano — enquanto esperava meios de ir para o seu posto comercial.

"— Por favor, diga-me quem é esse sr. Kurtz — pedi.

"— É o chefe do Posto Interior — ele respondeu num tom curto, desviando o olhar.

"— Muito obrigado — eu disse, rindo. — E o senhor é o fabricante de tijolos do Posto Central. Todo mundo sabe disso.

"O homem ficou calado por um instante.

"— Ele é um prodígio — disse afinal. — É um emissário da caridade, da ciência, do progresso, do diabo sabe que mais. Precisamos — começou a declamar de repente — para a orientação da causa a nós confiada pela Europa, por assim dizer, de inteligência superior, grandes simpatias e unidade de propósito.

"— Quem diz isso? — perguntei.

"— Um monte deles — ele respondeu. — Alguns até mesmo escrevem isso; e assim, *ele* veio para cá, um ser especial, como o senhor deve saber.

"— Por que eu devo saber? — interrompi, realmente surpreso.

"Ele não deu atenção.

"— Sim. Hoje ele é o chefe do melhor posto, no próximo ano será gerente-assistente, mais dois anos e... mas aposto que o senhor sabe o que ele será dentro de dois anos. Pertence à nova turma: a turma da virtude. As mesmas pessoas que o enviaram especialmente também recomendaram o senhor. Oh, não diga que não. Eu confio nos meus próprios olhos.

"A luz se fez sobre mim. Os influentes amigos de minha querida tia causavam um efeito inesperado naquele jovem. Quase explodi na gargalhada.

"— O senhor lê a correspondência confidencial da Companhia? — perguntei. Ele não encontrou uma palavra para responder. Era muitíssimo engraçado. — Quando o sr. Kurtz — continuei, severamente — for Gerente Geral, o senhor não terá uma oportunidade.

"Ele soprou a vela de repente, e saímos. A lua nascera. Vultos negros passavam por ali, apáticos, jogando água no fogo, de onde vinha um chiado; a fumaça subia ao luar, o negro surrado gemia em algum canto.

"— Que barulho faz esse animal — disse o incansável homem de bigodes, surgindo junto a nós. — Bem feito. Transgressão... punição... bam! Sem piedade, sem piedade. É o único jeito. Isso prevenirá todos os incêndios, de agora em diante. Acabei de dizer ao gerente... — Notou meu companheiro, e deixou cair a crista no mesmo instante. — Ainda não está na cama — disse, com uma espécie de cordialidade. — É muito natural. Ha! Perigo... agitação.

"Desapareceu. Dirigi-me à beira do rio, e o outro seguiu-me. Ouvi um cáustico murmúrio perto de mim:

"— Um monte de pixotes... têm de ser.

"Podia-se ver os peregrinos em grupinhos, gesticulando, discutindo. Vários ainda empunhavam seus cajados. Creio seriamente que levavam aqueles varapaus para a cama consigo. Além da cerca, a floresta erguia-se espectral ao luar, e em meio aos murmúrios abafados, em meio aos débeis sons daquele pátio infeliz, o silêncio da terra chegava ao próprio coração da gente — com seu mistério, sua grandeza, a espantosa realidade de sua vida oculta. O negro machucado gemia fracamente em algum canto próximo, e depois deu um profundo suspiro, que fez com que eu me afastasse dali. Senti que uma mão se enfiava sob meu braço.

"— Meu caro senhor — disse o sujeito —, não quero que me entenda mal, especialmente o senhor, que vai ver o sr. Kurtz muito antes de eu ter esse prazer. Não queria que ele tivesse uma falsa ideia de minha disposição…

"Deixei-o prosseguir, aquele Mefistófeles de *papier-mâché*, e pareceu-me que, se tentasse, poderia passar o indicador através dele, e nada acharia dentro, a não ser talvez um pouco de terra solta. Vocês sabem, ele planejara acabar como gerente-assistente sob o atual titular, e eu via que a vinda de Kurtz os perturbara consideravelmente. Falava de um modo precipitado, e não tentei detê-lo. Encostei-me nos destroços de meu vapor, içado para a encosta como a carcaça de um grande animal fluvial. O cheiro de lama, de lama primeva, por Júpiter!, chegava-me às narinas, e a grande quietude da floresta primeva se erguia à minha frente; viam-se manchas brilhantes na água negra. A lua espalhara-se sobre tudo, uma fina camada de prata sobre o mato exuberante, sobre a lama, sobre a parede de enredada vegetação que subia mais alto que a parede de um templo, sobre o grande rio que eu via através de uma escura abertura, luzindo, luzindo, no seu largo fluir, sem um murmúrio. Tudo aquilo era grandioso, expectante, mudo, enquanto o homem tagarelava sobre si mesmo. Eu me perguntava se a quietude na face da imensidão que nos olhava pretendia ser um convite ou uma ameaça. Que éramos nós, nós que havíamos chegado, à deriva, até ali? Poderíamos controlar aquela coisa bruta, ou seria ela que nos controlaria? Eu sentia como era grande, como era danada de grande, aquela coisa que não sabia falar, e que talvez fosse surda também. Que havia lá? Eu via um pouco de marfim vindo de lá, e soubera que o sr. Kurtz estava lá. Soubera muita coisa sobre ela, também — Deus sabe! Contudo, ela não apresentava imagem alguma — não mais do que se me tivessem dito que havia lá um anjo ou um demônio. Eu acreditava nela do mesmo modo como um de vocês pode acreditar que existem habitantes no planeta Marte. Conheci outrora um escocês fabricante de velas de barco que tinha certeza, certeza absoluta, de que havia gente em Marte. Se lhe pedissem alguma ideia de como essa gente parecia e se comportava, ele ficava inibido e murmurava alguma coisa dizendo que 'andavam de quatro'. Se a gente desse o mínimo sorrizinho, ele — apesar de ter sessenta anos — queria brigar. Eu não chegaria a brigar por Kurtz, mas por ele cheguei bem perto de uma mentira. Vocês sabem que odeio, detesto, não suporto mentira, não por ser mais reto que o resto de nós, mas simplesmente porque me apavora. Há uma nódoa de morte, um gosto de mortalidade nas mentiras — que é exatamente o que odeio e detesto no mundo — o que desejo esquecer. Deixa-me infeliz e nauseado, como se mastigasse uma coisa podre. Temperamento, creio. Bem, cheguei bem perto disso, deixando um jovem idiota lá fora acreditar o que quisesse sobre minha influência na Europa. Tornei-me num instante uma farsa tão grande quanto o resto dos peregrinos enfeitiçados. E isso simplesmente porque tinha a ideia de que aquilo, de algum modo, seria útil ao tal Kurtz, a quem na época nem vira — entendam. Era apenas uma palavra para mim. Eu não via o homem por trás do nome mais do que vocês agora. Vocês o veem? Veem a história? Veem alguma coisa? Parece-me que estou tentando contar-lhes um sonho — fazendo uma tentativa inútil, porque nenhuma narrativa de sonho conseguia transmitir a sua sensação, aquela mistura de absurdo, surpresa e pasmo num tremor de bracejante revolta, aquela ideia de que somos capturados pelo incrível, que constitui a própria essência dos sonhos…"

Calou-se por um instante.

"— … Não, é impossível; é impossível transmitir a sensação viva de qualquer época de nossa existência… o que constitui a verdade, o seu significado… sua sutil e penetrante essência. É impossível. Vivemos, como sonhamos… sós…"

Calou-se de novo, como se refletisse, e acrescentou:

"— É claro que, nisso, vocês veem mais do que eu podia ver então. Veem a mim, a quem conhecem…"

Escurecera tanto que nós, ouvintes, mal podíamos ver uns aos outros. Por muito tempo já ele, sentando-se à parte, não era para nós mais que uma voz. Ninguém disse uma palavra. Os outros talvez houvessem adormecido, mas eu estava acordado. Ouvia, ouvia à espreita da palavra, da frase que me desse a pista para a leve inquietação inspirada por aquela narrativa, que parecia tomar forma sem lábios humanos na pesada atmosfera noturna do rio.

"— Sim… deixei-o prosseguir — recomeçou Marlow — e pensar o que lhe agradasse sobre os poderes por trás de mim. Fiz isso! E nada havia por trás de mim. Nada havia além daquele vapor velho, desgraçado, estraçalhado, no qual me encostava, enquanto ele falava fluentemente da 'necessidade de todo homem de ir em frente'.

"— E quando a gente vem para cá, o senhor compreende; não é para ficar fitando a lua — disse ele. O sr. Kurtz era um 'gênio universal', mas mesmo um gênio acharia mais fácil trabalhar com instrumentos adequados… homens inteligentes!' Ele não fazia tijolos — ora, havia um impedimento físico no caminho — como eu bem sabia; e se servia de secretário para o gerente, era porque 'nenhum homem sensato rejeita gratuitamente a confiança de seus superiores'. Estava eu compreendendo? Eu compreendia. Que mais queria eu? O que eu realmente queria era rebites, diabos! Rebites! Para prosseguir com o trabalho…

para tapar o buraco. Precisava de rebites. Havia caixotes deles na costa... caixas, empilhadas... estouradas... rachadas: chutava-se um rebite solto a cada dois passos naquele pátio no posto da costa. Rebites rolavam para o bosquete da morte. Podiam-se encher os bolsos de rebites simplesmente abaixando-se para pegá-los... e não se achava um só deles onde eram necessários. Tínhamos chapas que serviriam, mas nada com que pregá-las. E toda semana o mensageiro, um negro solitário, mochila de correspondência no ombro e cajado na mão, partia de nosso posto para a costa. E várias vezes por semana uma caravana vinda da costa chegava com artigos comerciais — um horrível morim lustroso que dava arrepios só de olhar, contas de vidro a um pêni o quilo, malditos lenços de algodão estampado. E nada de rebites. Três carregadores teriam podido trazer tudo que precisávamos para pôr o vapor a flutuar.

"Ele agora se tornava confidencial, mas imagino que minha atitude, não correspondendo, deve tê-lo exasperado afinal, pois julgou necessário informar-me que não temia nem Deus nem o diabo, quanto mais um simples homem. Eu disse que via isso muito bem, mas o que queria era uma certa quantidade de rebites — e rebites era o que o sr. Kurtz realmente quereria, se soubesse do caso. Ora, toda semana seguiam cartas para a costa...

"— Meu caro senhor — ele exclamou —, eu tomo ditados.

"Pedi os rebites. Haveria um meio — para um homem inteligente. Ele mudou de tom; tornou-se muito frio, e de repente passou a falar de um hipopótamo; imaginava se eu, dormindo a bordo do vapor (eu me aferrava ao meu salvado noite e dia), não era perturbado. Um velho hipopótamo tinha o mau hábito de vir à margem e rondar à noite os terrenos do posto. Os peregrinos saíam em massa e descarregavam sobre ele todos os rifles em que pudessem pôr as mãos. Alguns haviam mesmo ficado acordados de sentinela, a noite toda, à espera dele. Mas toda essa energia fora desperdiçada.

"— O animal tem o corpo fechado — disse. — Mas só se pode dizer isso dos animais, nesta região. Nenhum homem... está me entendendo?... nenhum homem aqui tem o corpo fechado.

"Ficou ali parado, por um momento, ao luar, com o delicado nariz adunco um pouco torcido e os olhos de mica reluzindo sem piscar, e depois, com um ríspido 'Boa noite', afastou-se. Eu via que ele estava perturbado e consideravelmente intrigado, o que me fazia sentir mais esperançoso do que me sentia em dias. Era um grande conforto passar daquele sujeito para o meu amigo influente — o despedaçado, retorcido e arruinado vapor de lata. Subi a bordo. O barco ressoava, sob meus pés, como uma lata vazia de biscoitos Huntley & Palmer chutada numa sarjeta; não era uma fabricação tão sólida e tinha formas bem menos bonitas, mas eu despendera muito trabalho duro nele para não amá-lo. Nenhum amigo influente teria me servido melhor. Dera-me uma oportunidade de sair um pouco — de descobrir o que eu era capaz de fazer. Não, não gosto de trabalho. Preferia mandriar por aí e pensar em todas as belas coisas que se podem fazer. Não gosto do trabalho — nenhum homem gosta — mas gosto do que há no trabalho — a oportunidade de nos descobrir. Nossa própria realidade — para nós, não para os outros — o que nenhum outro homem pode saber. Os outros podem apenas ver o espetáculo, mas nunca vão saber o que ele realmente significa.

"Não me surpreendeu ver uma pessoa sentada à popa, na coberta, as pernas penduradas acima da lama. Sabem, eu fizera uma certa camaradagem com os poucos mecânicos que havia no posto, aos quais os outros peregrinos naturalmente desprezavam, devido às suas maneiras não muito polidas, creio. Aquele era o capataz — fabricante de caldeiras por profissão —, um bom trabalhador. Era um homem magro, ossudo, de rosto amarelo, com grandes olhos intensos. Tinha um ar preocupado, e a cabeça calva como a palma de minha mão; mas o cabelo, ao cair, parecera grudar-se no queixo, prosperando na nova localidade, pois a barba lhe batia na cintura. Era viúvo, com seis filhos pequenos (deixara-os aos cuidados de uma irmã para vir para ali), e a paixão de sua vida era o voo dos pombos. Era um entusiasta e um *connaisseur*. Enlouquecia com os pombos. Após as horas de trabalho, saía às vezes de seu barraco para falar dos filhos e dos pombos; no trabalho, quando tinha de arrastar-se na lama sob o fundo do vapor, amarrava a barba numa espécie de guardanapo branco que levava para esse fim. O guardanapo tinha alças que o prendiam às orelhas. À noite, viam-no agachado na margem lavando aquele pano no rio com muito cuidado, e depois estendendo-o solenemente no mato para secar.

"Dei-lhe um tapa nas costas e gritei:

"—Vamos ter os rebites!

"Ele se pôs de pé num salto, exclamando:

"— Não! Rebites! — como se não pudesse acreditar nos próprios ouvidos. Depois, em voz baixa: — O senhor... hem? — Não sei por que agíamos como lunáticos. Pus o dedo no lado de meu nariz e balancei a cabeça misteriosamente. — Boa — ele gritou, estalou os dedos acima da cabeça e ergueu um pé. Experimentei uma dança de marinheiros. Demos cabriolas no convés de ferro. Veio do casco um terrível clangor, e a floresta virgem da outra margem do rio o devolveu num trovejante rolar sobre o posto adormecido. Isso deve ter feito alguns dos peregrinos sentar-se em suas tocas. Um vulto negro obscureceu a entrada iluminada da cabana do gerente, desapareceu, e depois, mais ou menos um segundo depois, a própria porta também desapareceu. Paramos, e o silêncio expulso pelo patear de nossos pés tornou a refluir dos recessos da terra. A grande muralha de vegetação, uma exuberante e enredada massa de troncos, galhos, folhas, brotos, festões, imóveis ao luar, parecia uma amotinada invasão de vida silenciosa, uma onda rolante de plantas empilhadas, com crista e tudo, pronta para desabar sobre o rio, varrer cada um dos nossos homenzinhos de sua insignificante existência. Mas não se moveu. Uma abafada explosão de fortes espadanares e roncos chegava-nos de longe, como se um ictiossauro tomasse um banho de luz no grande rio.

"— Afinal — disse o fabricante de caldeiras, num tom racional —, por que não teríamos os rebites?

"Por que não, na verdade? Eu não sabia de motivo algum pelo qual não devêssemos tê-los.

"— Chegarão dentro de três semanas — eu disse, confiantemente.

"Mas não chegaram. Em vez dos rebites veio uma invasão, uma punição, uma visita. Veio por partes, durante as três semanas seguintes, cada parte encabeçada por um jumento trazendo um branco de roupas novas e sapatos marrons, a fazer mesuras para todos os lados, daquelas alturas, aos peregrinos. Um bando briguento de negros com os pés esfolados trotava nos calcanhares do jumento; um monte de tendas, banquinhos de campanha, latas, caixas brancas, fardos pardos era lançado no pátio, e o ar de mistério aprofundava-se um pouco mais sobre a bagunça do posto. Chegaram cinco dessas prestações, com sua absurda aparência de fuga desordenada, trazendo o butim de lojas de roupas e de provisões, que eles arrastavam — dir-se-ia —, após um ataque, para a divisão equitativa na mata. Era um bolo inextricável de coisas decentes em si, mas que a loucura humana fazia parecer espólios de um saque.

"Aquele dedicado bando chamava-se a Expedição Exploradora do Eldorado, e acredito que haviam jurado segredo. A conversa deles, no entanto, era a conversa de sórdidos bucaneiros: indiferente sem bravura, ambiciosa sem audácia, e cruel sem coragem; não havia um átomo de previsão ou intenção séria em todo o bando, e eles não pareciam saber que essas coisas são necessárias para a obra do mundo. Extrair tesouros das entranhas da terra era o que queriam, sem outra moral por trás disso que a de ladrões que arrombam um cofre. Quem pagava as custas dessa nobre empresa, eu não sei; mas o tio de nosso gerente era o chefe do grupo.

"Exteriormente, assemelhava-se a um açougueiro de bairro pobre, e os olhos tinham uma aparência de astúcia sonolenta. Carregava com ostentação a gorda pança sobre as perninhas curtas, e durante o tempo que seu bando infestou o posto não falou com ninguém, a não ser com o sobrinho. Os dois eram vistos perambulando por ali o dia todo, as cabeças juntas em eterna confabulação.

"Eu desistira de preocupar-me com os rebites. A capacidade que a gente tem para esse tipo de loucura é mais limitada do que se julgaria. Eu disse "ao diabo com isso!" — e deixei as coisas andarem. Tinha bastante tempo para meditação, e de vez em quando pensava um pouco em Kurtz. Não estava muito interessado nele. Não. Contudo, estava curioso para ver se aquele homem, que viera equipado com ideias morais de alguma espécie, chegaria ao topo afinal, e como se poria a trabalhar uma vez lá chegado."

Capítulo II

"— Certa noite, deitado no convés de meu vapor, ouvi vozes que se aproximavam, e lá estavam o sobrinho e o tio passeando pela margem. Tornei a descansar a cabeça no braço, e já quase mergulhara num cochilo quando alguém me falou quase junto ao ouvido, por assim dizer:

"— Sou tão inofensivo quanto uma criancinha, mas não gosto que me ditem ordens. Sou o gerente ou não sou? Recebi ordens para enviá-lo para lá. É incrível...

"Percebi então que os dois estavam parados na margem junto à parte dianteira do vapor, bem abaixo de minha cabeça. Não me mexi; não me ocorreu mexer-me: estava sonolento.

"— É desagradável — grunhiu o tio.

"— Ele pediu à Administração para ser mandado para lá — disse o outro — com a ideia de mostrar o que podia fazer; e recebi ordens de acordo com isso. Veja a influência que esse homem deve ter. Não é assustador?

"Ambos concordaram que era assustador, e depois fizeram várias observações gerais estranhas: 'Faça chuva ou faça sol — um homem — o Conselho — pelo nariz — trechos de frases absurdas que venceram minha sonolência, de modo que eu já quase me assenhoreara de todos os meus sentidos quando o tio disse:

"— O clima pode afastar esse problema para você. Ele está sozinho aqui?

"— Está — respondeu o gerente. — Mandou o assistente dele rio abaixo com um recado para mim, dizendo o seguinte: 'Tire esse pobre coitado da região, e não se dê o trabalho de mandar outros desse tipo. Prefiro ficar só do que ter o tipo de homens que o senhor pode me ceder'. Isso foi há mais de um ano. Pode imaginar tamanha desfaçatez!

"— Alguma coisa depois disso? — perguntou o outro roucamente.

"— Marfim — disse o sobrinho. — Montes de marfim... de primeira classe... montes... chatíssimo, vindo dele.

"— E com o marfim? — perguntou o pesado rumor.

"— A fatura — foi a resposta disparada, por assim dizer.

"Depois, silêncio. Falavam de Kurtz.

"Eu estava inteiramente desperto a essa altura, mas, deitado muito à vontade, permaneci quieto, pois nada me induzia a mudar de posição.

"— Como é que esse marfim fez todo esse percurso? — rosnou o mais velho, que parecia muito embaraçado.

"O outro explicou que viera com uma frota de canoas sob o comando de um escriturário mestiço inglês que Kurtz tinha consigo; que Kurtz aparentemente pretendia vir até ali, pois o posto àquela altura estaria sem produtos nem reservas, mas, após percorrer quatrocentos e cinquenta quilômetros, decidira de repente retornar, o que fizera sozinho, numa pequena piroga com quatro remadores, deixando que o mestiço continuasse a descer o rio com o marfim. Os dois sujeitos pareciam pasmados por alguém tentar uma coisa dessas. Não podiam encontrar um motivo adequado. Quanto a mim, parecia-me ver Kurtz pela primeira vez. Foi um vislumbre bastante nítido: a piroga, quatro remadores selvagens e o solitário branco dando de repente as costas para a sede, para a substituição, para os pensamentos de casa, talvez; voltando ao seu posto vazio e solitário nas profundezas da selva. Eu não percebia o motivo. Talvez ele fosse apenas um ótimo sujeito que se apegara ao trabalho pelo trabalho. Seu nome, vocês compreendem, não fora pronunciado uma só vez. Era 'aquele homem'. O mestiço, que, até onde eu podia ver, fizera uma viagem difícil com grande prudência e bravura, era invariavelmente citado como 'aquele patife'. O 'patife' comunicara que o 'homem' estava muito doente — não se recuperara bem... Os dois abaixo de mim afastaram-se então alguns passos, e puseram-se a andar de um lado para outro, a alguma distância. Ouvi:

"— Posto militar... médico... trezentos quilômetros... inteiramente só agora... atrasos inevitáveis... nove meses... sem notícias... estranhos rumores.

"Tornaram a aproximar-se, no momento mesmo em que o gerente dizia:

"— Ninguém, até onde sei, a não ser uma espécie de caixeiro-viajante... um sujeitinho pernicioso, que toma marfim dos nativos.

"De quem falavam agora? Deduzi, aos pedaços, que se tratava de um homem que devia estar na área de Kurtz, e que o gerente não aprovava.

"— Não nos livraremos da competição desleal enquanto um desses sujeitos não for enforcado, como exemplo — ele disse.

"— Certamente — grunhiu o outro. — Enforque-o! Por que não? Qualquer coisa... a gente pode fazer qualquer coisa nesta região. É o que digo; ninguém aqui, entenda, *aqui*, pode pôr em perigo a sua posição. E por quê? Você aguenta o clima... durará mais que eles todos. O perigo está na Europa; mas lá, antes de partir, tive o cuidado de...

"Afastaram-se, murmurando, e, depois, as vozes tornaram a aumentar.

"— Essa extraordinária série de atrasos não é culpa minha. Fiz o melhor que pude.

"O gordo deu um suspiro.

"— Muito triste.

"— E o pestilento absurdo dessa conversa — continuou o outro. — Ele me chateou um bocado quando estava aqui. Dizia: 'Cada posto deve ser como um farol na estrada para coisas melhores, um centro para o comércio, claro, mas também para humanizar, melhorar, instruir.' Imagine... aquele asno! E quer ser gerente! Não, é...

"Nesse ponto, engasgou-se com o excesso de indignação, e ergui a cabeça um mínimo. Fiquei surpreso por ver como estavam perto — bem abaixo de mim. Eu poderia ter cuspido nos chapéus deles. Olhavam para baixo, absortos em pensamentos. O gerente batia na perna com um galho verde: seu sagaz parente ergueu a cabeça.

"—Você tem estado bem de saúde desde que veio para cá desta vez? — perguntou.

"O outro teve um sobressalto.

"— Quem? Eu? Oh! Como um encanto... como um encanto. Mas o resto... oh, meu Deus! Todos doentes. Morrem tão depressa que não tenho tempo de enviá-los para fora da região... é incrível!

"— Hum. Exato — grunhiu o tio. — Ah! Meu rapaz, confie nisso aí. É o que eu digo: confie nisso aí.

"Vi-o estender o braço curto, semelhante a uma barbatana, num gesto que abrangia a floresta, o regato, a lama, o rio — parecia invocar, com um desonroso floreio diante da face enluarada da terra, um traiçoeiro apelo à morte oculta, ao mal escondido, às profundas trevas do coração da selva. Foi tão espantoso que saltei de pé e olhei lá atrás a borda da floresta, como se esperasse algum tipo de resposta àquela negra demonstração de confiança. Vocês sabem as ideias idiotas que nos ocorrem às vezes. O grande silêncio erguia-se diante dos dois vultos com sua presença sinistra, à espera da passagem de uma fantástica invasão.

"Os dois praguejaram juntos, em voz alta — de puro medo, creio —, e depois, fingindo nada saber de minha existência, retornaram ao posto. O sol estava baixo; e, curvados para a frente, lado a lado, eles pareciam içar penosamente morro acima suas duas sombras ridículas, de comprimentos desiguais, que se arrastavam devagar sobre o mato alto, sem curvar uma única folha.

"Dentro de poucos dias, a Expedição Eldorado entrou no paciente agreste, que se fechou sobre ela como o mar sobre um mergulhador. Muito tempo depois, chegou a notícia de que todos os jumentos haviam morrido. Nada sei do destino dos animais menos valiosos. Sem dúvida, como o resto de nós, encontraram o que mereciam. Não perguntei. Estava então excitado com a perspectiva de encontrar Kurtz muito em breve. Quando digo muito em breve, quero dizer relativamente. Passaram-se apenas dois meses desde o dia em que deixamos o arroio até chegarmos à margem abaixo do posto dele.

"Subir aquele rio era como viajar de volta aos mais primordiais princípios do mundo, quando a vegetação invadia a terra e as grandes árvores reinavam. Um rio vazio, um grande silêncio, uma floresta impenetrável. O ar era quente, denso, pesado, parado. Não havia alegria na luminosidade do sol. Os longos trechos do rio corriam, desertos, para dentro da escuridão das distâncias encobertas. Nos bancos de areia, prateados hipopótamos e jacarés tomavam banho de sol lado a lado. A água que se alargava fluía por entre um enxame de ilhas cobertas de mato; perdia-se o caminho naquele rio, como se perderia num deserto, e, durante todo o dia, batíamos contra baixios, tentando encontrar o canal, até nos julgarmos enfeitiçados e isolados de tudo que conhecêramos outrora — em alguma parte distante — numa outra existência, talvez. Havia momentos em que nosso passado nos voltava, como acontece às vezes quando a gente tem um instante de folga para si mesmo; mas vinha em forma de sonho agitado e ruidoso, lembrado com admiração em meio às esmagadoras realidades daquele estranho mundo de plantas, e água, e silêncio. E aquela quietude de vida não se assemelhava nem um pouco à paz. Era a quietude de uma força implacável, meditando sobre uma intenção inescrutável. Olhava-nos com um ar vingativo. Acostumei-me a ela depois; não a via mais; não tinha tempo. Precisava ficar adivinhando o canal; precisava discernir, sobretudo por intuição, os sinais de baixios ocultos; buscava pedras no fundo; aprendia a cerrar os dentes astutamente, antes que o coração saísse pela boca, quando passava raspando por algum diabólico toco velho que teria rasgado o velho vapor de lata, tirando-lhe a vida e afogando todos os peregrinos; precisava manter-me alerta para os sinais de lenha que pudéssemos cortar à noite para a fornalha do dia seguinte. Quando se tem de cuidar de coisas desse tipo, de meros incidentes da superfície, a realidade — a realidade, digo a vocês — some. A verdade íntima está oculta — felizmente, felizmente. Mas eu a sentia mesmo assim; sentia frequentemente sua misteriosa quietude observando minhas manobras, do mesmo modo como observa vocês em suas respectivas cordas bambas por — como é? — meia coroa cada queda...

"— Tente ser cortês — rosnou uma voz, e eu soube que havia pelo menos outro ouvinte acordado, além de mim.

"— Perdão. Esqueci a dor no coração que perfaz o resto do preço. E na verdade que importa o preço, se o truque é bem-feito? Vocês fazem seus truques muito bem. E eu tampouco me saí mal, uma vez que consegui não afundar o vapor em minha primeira viagem. Eis uma coisa que ainda me surpreende. Imaginem um cego posto a dirigir uma carroça numa estrada ruim. Suei e senti calafrios nessa história, consideravelmente, isso eu digo a vocês. Afinal, para um homem do mar, arranhar o fundo da coisa que deve flutuar o tempo todo sob seu comando é um pecado imperdoável. Pode ser que ninguém o saiba, mas a gente jamais esquece a pancada — hem? Um golpe no próprio coração. A gente lembra, a gente sonha com ela, a gente acorda à noite e pensa nela — anos depois — e fica suando frio. Não vou dizer que aquele vapor flutuou o tempo todo. Mais de uma vez teve de patinhar um pouco, com vinte canibais espadanando em volta e puxando. Havíamos recrutado alguns daqueles sujeitos no caminho, como tripulantes. Ótimos sujeitos — os canibais — em seu devido lugar. Eram homens com quem se podia trabalhar, e sou grato a eles. E, afinal, não se comiam uns aos outros na minha frente: haviam trazido consigo uma provisão de carne de hipopótamo, que apodreceu e fazia o mistério da selva cheirar mal em minhas narinas. Puuu! Ainda sinto o cheiro hoje. Eu levava o gerente a bordo, e mais três ou quatro peregrinos com seus cajados — completos. Às vezes chegávamos a um posto perto da margem, pendurado nas bordas do desconhecido, e os brancos que se precipitavam para fora de uma choça caindo aos pedaços, com grandes gestos de alegria e surpresa e boas-vindas, pareciam muito estranhos — pareciam ser mantidos ali em cativeiro por um sortilégio. A palavra marfim ressoava no ar por algum tempo — e depois voltávamos ao silêncio, aos longos trechos desertos, fazendo curtas paradas, por entre altas muralhas de nossa estrada sinuosa, ecoando com sons vazios a pesada batida de nossa roda de popa. Árvores, árvores, e milhões de árvores, maciças, imensas, erguendo-se a grandes alturas; e aos pés delas, mantendo-se perto da margem contra a corrente, arrastava-se o vaporzinho fuliginoso, como um besouro preguiçoso arrastando-se no chão de um pórtico suntuoso. Aquilo fazia-nos sentir muito pequenos, muito perdidos, e no entanto não era inteiramente deprimente aquela sensação. Afinal, se éramos pequenos, o sujo besouro prosseguia arrastando-se — que era exatamente o que queríamos que fizesse. Para onde os peregrinos imaginavam que ele se arrastava, eu não sei. Para algum lugar onde esperavam conseguir alguma coisa, aposto! Para mim, ele se arrastava rumo a Kurtz — exaustivamente; mas, quando os canos de vapor começaram a vazar, passamos a arrastar-nos muito devagar. Os remansos abriam-se à frente e fechavam-se atrás, como se a floresta houvesse atravessado calmamente a água, para barrar-nos o caminho de volta. Penetrávamos cada vez mais fundo no coração das trevas. Fazia um grande silêncio ali. À noite, às vezes, o rolar de tambores por trás da cortina de árvores subia o rio e ficava parado, fraco, como que pairando no ar muito acima de nós, até o primeiro romper da aurora. Se significava guerra, paz ou prece, não sabíamos. As auroras eram anunciadas pela descida de uma fria quietude; os lenhadores dormiam, suas fogueiras ardiam baixas; o estalar de um galho fazia-nos sobressaltar. Éramos viajantes errantes numa terra pré-histórica, numa terra que tinha o aspecto de um planeta desconhecido. Podíamos imaginar-nos como os primeiros homens a tomar posse de uma herança maldita, a ser subjugada à custa de profunda angústia e excessivo esforço. Mas, de repente, quando passávamos com esforço uma curva, lá estava um vislumbre de paredes de junco, telhados de palha pontudos, uma explosão de berros, um redemoinho de membros negros, um monte de mãos aplaudindo, pés batendo, corpos oscilando, olhos rolando, à sombra de uma folhagem pesada e imóvel. O vapor mourejava lentamente, passando ao lado daquele negro e incompreensível frenesi. O homem pré-histórico nos amaldiçoava, rezava a nós, dava-nos boas-vindas — quem poderia saber? Estávamos isolados da compreensão de nosso ambiente; passávamos deslizando como fantasmas, imaginando e secretamente apavorados, como fariam homens mentalmente sãos diante de uma explosão de entusiasmo num asilo de loucos. Não podíamos entender porque estávamos muito distantes, e não podíamos lembrar porque navegávamos na noite das primeiras eras, dessas eras que se foram sem deixar quase um traço — e sem memórias.

"A terra parecia espectral. Estávamos acostumados a olhar a forma acorrentada de um monstro conquistado, mas ali — ali olhava-se uma coisa monstruosa e solta. Era fantástico, e os homens eram... Não, não eram inumanos. Bem, vocês sabem, isso é que é o pior... essa suspeita de que não eram inumanos. Chegava-nos lentamente. Eles uivavam e saltavam, rodopiavam e faziam caretas horrendas; mas o que mais nos emocionava era simplesmente a ideia da humanidade deles — como a nossa —, a ideia de nosso remoto parentesco com aquele bárbaro e apaixonado furor. Feio. Sim, era bastante feio; mas, se éramos homens bastante, admitiríamos para nós mesmos que havia em nós apenas o mais débil vestígio de uma reação à terrível franqueza daquele barulho, uma vaga suspeita de que havia naquilo um sentido que nós — tão distantes da noite das primeiras eras — podíamos compreender. E por que não? A mente humana é capaz de qualquer coisa — porque tudo está nela, todo o passado como todo o futuro. Que havia ali afinal? Alegria, medo, dor, dedicação, coragem, raiva — quem sabe? — mas a verdade — a verdade despida de seu manto de tempo. Que o tolo fique boquiaberto e estremeça — o homem sabe, e pode contemplar sem piscar. Mas deve ao menos ser tão homem quanto aqueles da margem. Deve enfrentar a verdade com sua própria matéria autêntica, com sua própria força inata. Princípios não adiantam. Aquisições, roupas, belos trapos — trapos que voariam à primeira boa sacudidela. Não; é preciso uma crença decidida. Um apelo a mim naquele demoníaco barulho — era isso? Muito bem; ouço; admito; mas também tenho uma voz, e, para o bem ou para o mal, é a fala que não pode ser silenciada. Evidentemente, um tolo, em parte por puro medo e em parte por boas intenções, está sempre a salvo. Quem está grunhindo? Vocês se perguntam se não desci à terra para berrar e dançar? Bem, não — não fui. Boas intenções, dizem vocês? Ao diabo com as boas intenções! Eu não tinha tempo. Tinha de me haver com alvaiade e tiras de cobertores de lã, ajudando a pôr bandagens nos canos furados — é o que digo a vocês. Tinha de cuidar da direção, e contornar aqueles tocos, e levar o vapor de lata em frente por bem ou por mal.

Havia suficiente verdade superficial naquelas coisas para salvar um homem mais sábio. E enquanto isso eu tinha de vigiar o selvagem, que era foguista. Era um espécime melhorado; sabia acender uma caldeira vertical. Lá estava ele, abaixo de mim, e, por minha honra, olhá-lo era tão edificante como ver um cachorro numa paródia, de culotes e chapéu de pena, caminhando sobre as patas traseiras. Uns poucos meses de treinamento haviam bastado para aquele sujeito realmente ótimo. Ele olhava de esguelha o medidor de pressão e o medidor de água, com um evidente esforço de intrepidez — e tinha os dentes limados, ainda por cima, o pobre-diabo, e a gaforinha raspada em desenhos esquisitos, e três cicatrizes ornamentais em cada face. Devia estar batendo as mãos e sapateando na margem, mas, em vez disso, trabalhava, escravo de uma estranha bruxaria, cheio de conhecimento aperfeiçoador. Era útil porque fora instruído; e o que sabia era que, se a água naquela coisa transparente desaparecesse, o espírito mau dentro da caldeira ficaria furioso com a enormidade de sua sede e se vingaria de um modo terrível. Por isso, suava e alimentava o fogo, e olhava o vidro amedrontado (com um amuleto improvisado, feito de trapos, amarrado no braço, e um pedaço de osso polido, do tamanho de um relógio de bolso, enfiado no lábio inferior), enquanto as margens cobertas de mato deslizavam por nós lentamente, o breve barulho ficava para trás, os intermináveis quilômetros de silêncio — e nos arrastávamos em frente, em direção a Kurtz. Mas havia muitos tocos, a água era traiçoeira e rasa, a caldeira parecia conter mesmo um demônio mal-humorado, e assim nem o foguista nem eu tínhamos qualquer folga para examinar nossos arrepiantes pensamentos.

"Uns 75 quilômetros abaixo do Posto Interior, chegamos a uma cabana de juncos, um mastro inclinado e melancólico, com os trapos irreconhecíveis do que fora uma espécie de bandeira drapejando, e um monte de lenha bem-arrumado. Aquilo era inesperado. Aproximamo-nos da margem, e sobre o monte de lenha encontramos um pedaço de papelão desbotado com alguma coisa escrita a lápis. Quando decifrado, dizia: 'Lenha para vocês. Apressem-se. Aproximem-se com cuidado'. Havia uma assinatura, mas estava ilegível — não era de Kurtz — uma palavra muito mais longa. 'Apressem-se.' Para onde? Rio acima? 'Aproximem-se com cuidado.' Não fizéramos isso. Mas o aviso não podia referir-se ao local onde ele só podia ser encontrado depois de alcançado. Havia alguma coisa errada acima. Mas o quê — e com que gravidade? Essa era a questão. Comentamos criticamente a imbecilidade daquele estilo telegráfico. A mata em volta nada dizia, e tampouco nos permitia ver muito longe. Uma cortina rasgada de sarja vermelha pendia da porta da cabana, e drapejava tristemente em nossos rostos. A morada estava desmantelada; mas podíamos perceber que um branco morara ali não muito tempo atrás. Ainda havia uma rude mesa — uma tábua sobre duas estacas; um monte de lixo num canto escuro, e, através da porta, percebi um livro. Estava sem capa, e as páginas haviam sido manuseadas até se tornarem de uma fragilidade extremamente suja; mas a lombada fora amorosamente recosturada com fio de algodão branco, que ainda parecia limpo. Era uma descoberta extraordinária. Intitulava-se: *Investigação sobre Alguns Pontos do Ofício de Marinheiro*, de um certo Towser, Towson — um nome assim — comandante da Marinha de Sua Majestade. O assunto parecia leitura bastante chata, com diagramas ilustrativos e repulsivas tabelas de números, e o exemplar tinha sessenta anos. Manuseei aquela surpreendente antiguidade com a maior ternura possível, para que não se desintegrasse em minhas mãos. Lá dentro, Towson ou Towser investigava seriamente a tensão de ruptura das correntes e cordame de navios, e outros assuntos que tais. Um livro não muito emocionante; mas à primeira vista podia-se ver uma uniformidade de propósito, uma preocupação honesta com o modo certo de fazer as coisas, que tornavam aquelas páginas humildes, apesar de tantos anos passados, luminosas com uma luz outra além da profissional. O simples marinheiro velho, com sua conversa sobre correntes e compras, fez-me esquecer a selva e os peregrinos, numa deliciosa sensação de ter encontrado alguma coisa inequivocamente real. Um livro daquele já era maravilhoso; mas ainda mais espantosas eram as anotações escrevinhadas nas margens, e visivelmente referentes ao texto. Eu não podia acreditar no que via! Estavam em código! Sim, parecia código. Imagine um homem carregando consigo um livro desse tipo para aqueles confins, e estudando-o — e fazendo anotações —, e ainda por cima em código! Era um mistério extravagante.

"Havia algum tempo, já, que eu tinha uma vaga consciência de um ruído inquietante, e quando ergui os olhos vi que o monte de lenha se fora, e que o gerente, auxiliado por todos os peregrinos, me chamava aos berros da beira do rio. Enfiei o livro no bolso. Garanto a vocês que abandonar a leitura foi como arrancar-me do abrigo de uma velha e sólida amizade.

"Pus o motor capenga à frente.

"— Deve ser aquele comerciante miserável... aquele intruso — exclamou o gerente, olhando com ar malévolo o lugar que deixáramos lá atrás.

"— Deve ser inglês — eu disse.

"— Isso não o livrará de se meter em encrenca se não tiver cuidado — murmurou o gerente ameaçadoramente. Observei, com fingida inocência, que ninguém estava a salvo neste mundo.

"A corrente estava mais rápida agora, o vapor parecia ter chegado aos seus últimos arquejos, a roda da popa espadanava languidamente, e vi-me à escuta, ansioso, tentando ouvir a batida seguinte da pá, pois a sóbria verdade é que esperava que aquela coisa desgraçada cedesse a qualquer momento. Era como observar os últimos estertores de uma vida. Mas mesmo assim arrastávamo-nos. Às vezes eu marcava uma árvore um pouco à frente para medir a marcha em direção a Kurtz, mas perdia-a invariavelmente antes que a alcançássemos. Manter os olhos pregados por tanto tempo numa coisa era demais para a paciência humana. O gerente exibia uma bela resignação. Eu me agitava e fumegava, e passei a discutir comigo mesmo se falaria abertamente ou não com Kurtz; mas, antes que pudesse chegar a alguma conclusão, ocorreu-me que minha fala ou meu silêncio, na verdade qualquer ação minha, seria uma mera futilidade. Que importava o que qualquer um sabia ou ignorava? Que importava quem era o gerente? Às vezes a gente tem esses lampejos de lucidez. Os pontos essenciais daquele caso jaziam muito abaixo da superfície, além do meu alcance e de meu poder de intrujice.

"Ao cair da noite do segundo dia, julgamos estar a cerca de doze quilômetros do posto de Kurtz. Eu queria seguir em frente, mas o gerente tinha um ar sério e me disse que a navegação acima era tão perigosa que seria aconselhável, como o sol já estava muito baixo, esperarmos onde estávamos até a manhã seguinte. Além disso, observou que, caso seguíssemos o aviso de aproximarmo-nos com cuidado, devíamos aproximar-nos à luz do dia — não ao escurecer, ou no escuro. Era muito sensato. Doze quilômetros significavam quase três horas de navegação para nós, e eu também via umas rugas suspeitas na parte superior do remanso. Contudo, fiquei indizivelmente irritado com o atraso, e da maneira mais irracional também, já que uma noite não podia importar muito após tantos meses. Como tínhamos muita lenha, e cuidado era a palavra de ordem, parei no meio da corrente. O remanso era estreito, reto, com altos barrancos como um corte numa ferrovia. O crepúsculo deslizava para dentro dele antes que o sol se pusesse. A correnteza passava suave e rápida, mas uma dormente imobilidade apoderara-se das margens. As árvores vivas, interligadas pelas trepadeiras e por todo o mato vivo da vegetação rasteira, pareciam ter-se transformado em pedra, até o mais tenro galho, a mais leve folha. Não era sono — parecia algo não natural, como um estado de transe. Não se ouvia o menor som, de nenhuma espécie. A gente olhava, perplexo, e começava a desconfiar de que ficara surdo

— e então a noite caiu de repente, e nos cegou também. Por volta das três da manhã, um peixe grande deu um salto, e o alto espadanar causou-me um sobressalto, como se tivessem disparado uma arma. Quando o sol se ergueu, havia uma neblina branca, muito quente e úmida, e mais cegante que a noite. Não se movia nem levantava; apenas permanecia ali, em toda a nossa volta, como uma coisa sólida. Às oito ou nove horas, talvez, levantou-se, como uma persiana. Tivemos um vislumbre da imponente multidão de árvores, da imensa selva entrançada, com a ardente bolinha do sol pairando acima — tudo inteiramente parado — e depois a persiana branca tornou a descer suavemente, como se corresse por trilhos engraxados. Dei ordens para que a âncora, que começara a ser puxada, fosse novamente solta. Antes que ela parasse de correr, com um clangor abafado, um grito, um grito muito alto, como de infinita desolação, rasgou lentamente o ar opaco. Parou. Um clamor queixoso, modulado em selvagens desacordes, encheu-nos os ouvidos. O simples inesperado da coisa arrepiou-me os cabelos sob o quepe. Não sei que efeito teve sobre os outros: para mim, foi como se a própria neblina houvesse gritado, tão de repente, e aparentemente de todos os lados ao mesmo tempo, surgiu aquele tumultuoso e triste clamor. Culminou na precipitada explosão de um berro quase intoleravelmente excessivo, que parou de chofre, deixando-nos petrificados em várias atitudes tolas, e na obstinada escuta do silêncio quase igualmente apavorante e excessivo.

"— Deus do céu ! Que significa… — gaguejou a meu lado um dos peregrinos, um homenzinho gordo, de cabelos ruivos e suíças vermelhas, que usava botas de elástico e pijama cor-de-rosa enfiado nas meias. Dois outros permaneceram boquiabertos por todo um minuto, e depois precipitaram-se para a pequena cabine, para logo tornarem a sair e ficar parados, lançando olhares penetrantes e amedrontados, as Winchesters prontas nas mãos. Podíamos ver apenas o vapor onde estávamos, os contornos apagados como se fossem dissolver-se, e uma nevoenta faixa de água, com talvez meio metro de largura, em torno — só isso. O resto do mundo não estava em parte alguma, no que se referia a nossos olhos e ouvidos. Em parte alguma. Sumira, desaparecera; varrido sem deixar atrás um sussurro ou sombra.

"Fui para a frente e ordenei que baixassem a âncora, mas pouco, de modo a estar pronta para ser puxada e movimentarmos o vapor imediatamente, se necessário.

"— Vão nos atacar? — sussurrou uma voz apavorada.

"— Seremos todos massacrados dentro deste nevoeiro — murmurou outra.

"Os rostos contorciam-se sob a tensão, as mãos tremiam levemente, os olhos esqueciam-se de piscar. Era muito curioso ver o contraste de expressões dos brancos e dos sujeitos pretos de nossa tripulação, tão estranhos àquela parte do rio quanto nós, embora suas terras ficassem a apenas mil e duzentos quilômetros de distância. Os brancos, claro que muito descompostos, tinham além disso um curioso ar de quem está dolorosamente chocado por tão estranha briga. Os outros tinham uma expressão alerta e, é natural, interessada; mas seus rostos permaneciam, em essência, calmos, mesmo os de um ou dois que davam um sorrisozinho enquanto puxavam a corrente. Alguns trocavam frases curtas, grunhidas, que pareciam resolver o problema satisfatoriamente para eles. O chefe deles, um negro jovem, de peito largo, envolto em severas vestes de debruns azul-escuros, e com umas narinas ferozes e o cabelo penteado com arte em cachos oleosos, estava parado junto a mim.

"— A-ha! — eu disse, apenas por companheirismo.

"— Pegue eles! — disse o homem, alargando os olhos sanguinolentos e com um faiscar de dentes brancos. — Pegue eles. Dê eles pra nós.

"— Pra vocês, hem? — perguntei. — Que fariam com eles?

"— Comer eles — disse o homem, muito sucinto, e, apoiando o cotovelo na amurada, olhava dentro do nevoeiro numa atitude digna e de profunda meditação.

"Eu teria sem dúvida ficado devidamente horrorizado, não me houvesse ocorrido que ele e seus amigos deviam estar com muita fome: que estivessem ficando cada vez mais famintos pelo menos durante aquele mês. Haviam sido contratados por seis meses (não creio que nenhum deles tivesse qualquer ideia nítida de tempo, como temos nós, ao fim de incontáveis eras — não tinham experiência herdada para ensinar-lhes), e, claro, contanto que houvesse um pedaço de papel escrito de acordo com uma ou outra lei farsesca e feito lá embaixo, não entrava na cabeça de ninguém preocupar-se com o modo como eles viviam. Certamente haviam trazido consigo um pouco de carne podre de hipopótamo, que não poderia durar muito de qualquer modo, mesmo não tendo os peregrinos, em meio a um chocante tumulto, jogado considerável parte dela pela amurada. Pareceu um ato arbitrário, mas na verdade tratava-se de um caso de autodefesa. Não se pode viver com o cheiro de hipopótamo morto acordado, dormindo e comendo, e ao mesmo tempo manter o precário contato com a existência. Além disso, haviam-lhes dado toda semana três pedaços de arame, cada um de cerca de trinta centímetros, e a teoria era que eles podiam comprar suas provisões com aquela moeda nas aldeias ribeirinhas. Pode-se ver como isso funcionava. Ou não havia aldeias, ou os habitantes eram hostis, ou o diretor, que, como o resto de nós, comia enlatados, com uma ocasional carne de bode velho, não queria parar o vapor por algum motivo mais ou menos recôndito. Por isso, a menos que comessem o próprio arame, ou fizessem anzóis com eles para pegar peixes, não vejo que bem aquele extravagante salário poderia trazer-lhes. Devo dizer que esse salário era pago com a regularidade digna de uma grande e honrada companhia comercial. Quanto ao resto, a única coisa para comer — embora não parecesse comestível nem um pouco — que vi em poder deles foram alguns bolos de uma coisa que parecia massa de pão meio crua, de uma cor lavanda suja, que eles traziam envolta em folhas e vez por outra engoliam um pedaço, mas tão pequeno que parecia ser feito mais pelas aparências do que para algum sério propósito de nutrição. Por que, em nome de todos os devoradores demônios da fome, não nos atacavam — eram trinta contra cinco — e faziam uma boa refeição para variar, é algo que hoje me surpreende quando penso nisso. Eram homens grandes e fortes, sem muita capacidade para medir as consequências, com coragem e força ainda, embora a pele não mais brilhasse, nem os músculos se mostrassem rijos. E eu via que aquele algo que refreia, um desses segredos humanos que confundem as probabilidades, entrara em jogo ali. Olhava-os com um interesse cada vez mais intenso — não porque me ocorresse que poderia ser comido por eles em breve, embora confesse a vocês que exatamente então percebi — sob uma nova luz, por assim dizer — como os peregrinos pareciam insalubres, e esperava, sim, positivamente esperava, que meu aspecto não fosse tão — como direi? — tão inapetecível: um toque de fantástica vaidade que se conjugava bem com a sensação de sonho que impregnava todos os meus dias naquela época. Talvez tivesse um pouco de febre também. Não se pode viver sempre com os dedos tomando o próprio pulso. Eu tinha frequentemente 'uma febrezinha', ou um pequeno toque de outras coisas — as patadas de brincadeira que nos desfere a selva, a bobagem preliminar antes do ataque mais sério que viria no devido tempo. Sim; eu os olhava como se olharia qualquer ser humano, com curiosidade sobre os impulsos, motivos, capacidades, fraquezas deles, quando postos à prova de uma inexorável necessidade física. Contenção! Que contenção poderia haver? Seria superstição, repugnância, paciência, medo — ou algum tipo de honra primitiva? Nenhum medo pode suportar a fome, nenhuma paciência pode desgastá-la, a repugnância simplesmente não existe quando a fome existe; e quanto a superstição, crenças, e o que se pode chamar de princípios, são menos que palhas ao vento. Não conhecem vocês o demonismo da fome permanente, o tormento exasperante, as negras ideias, a sombria e remoente ferocidade? Bem, eu conheço. O homem precisa de toda a sua força inata para combater direito a fome. É realmente mais fácil enfrentar a aflição, e a desonra e a perdição da própria alma — do que esse tipo de fome prolongada. É triste, mas é verdade. E aqueles sujeitos, também, não tinham qualquer motivo na terra para sentir qualquer tipo de escrúpulo. Contenção! Eu esperaria mais contenção de uma hiena que ronda entre os cadáveres de um campo de batalha. Mas ali estava aquele fato, ali diante de mim — deslumbrante para a visão como a espuma nas profundezas do mar, como um ondular num enigma insondável, um mistério maior — quando eu pensava nisso — do que o tom curioso e inexplicável de desesperada dor naquele clamor selvagem que passara por nós na margem do rio, por trás da cega brancura da neblina.

"Dois peregrinos discutiam em sussurros apressados sobre qual das margens era.

"— A esquerda.

"— Não, não; como pode dizer isso? A direita, a direita, é claro.

"— É muito sério — disse a voz do gerente às minhas costas. — Eu ficaria desolado se acontecesse alguma coisa ao sr. Kurtz antes de chegarmos.

"Olhei-o, e não tive a mínima dúvida de que estava sendo sincero. Era apenas o tipo de homem que desejava manter as aparências. Essa era a sua contenção. Mas, quando murmurou alguma coisa a respeito de irmos logo, nem sequer me dei o trabalho de responder-lhe. Eu sabia, e ele também, que era impossível. Se soltássemos a âncora que nos prendia no fundo, estaríamos absolutamente no ar — no espaço. Não poderíamos dizer para onde estávamos indo, subindo ou descendo o rio, ou de um lado para outro — e logo não saberíamos, a princípio, qual era a direção. Evidentemente, não me mexi. Não tinha intenção alguma de sofrer uma colisão. Não se podia imaginar um lugar mais mortal para um naufrágio. Quer nos afogássemos imediatamente ou não, sem dúvida morreríamos depressa de um modo ou de outro.

"— Autorizo-o a assumir todos os riscos — ele disse após um breve silêncio.

"— Recuso-me a assumir qualquer um — eu disse, ríspido; e era exatamente a resposta que ele esperava, embora o tom possa tê-lo surpreendido.

"— Bem, tenho de curvar-me à sua opinião. O senhor é o comandante — ele disse, com enfática polidez.

"Dei-lhe as costas, em sinal de apreciação, e olhei o nevoeiro. Quanto tempo demoraria? Era a perspectiva mais sem esperança. O acesso àquele Kurtz que buscava marfim na desgraçada mata era eriçada de tantos perigos quanto se ele fosse uma princesa encantada dormindo num castelo de fábula.

"— O senhor acha que vão atacar? — perguntou o gerente, num tom confidencial.

"Eu não achava que fossem, por vários motivos óbvios. O denso nevoeiro era um deles. Se deixassem suas margens em canoas, se perderiam, como nós, se tentássemos mover-nos. Contudo, eu também julgava a selva em ambas as margens impenetrável — e, no entanto, havia olhos nela, olhos que nos tinham visto. Os matagais à beira do rio eram sem dúvida muito cerrados; mas o mato rasteiro atrás era evidentemente impenetrável. Contudo, durante o breve instante em que a neblina se levantara, eu não vira canoas em parte alguma do remanso — certamente não emparelhadas com o vapor. Mas o que tornava inconcebível a ideia do ataque era a natureza do barulho — dos gritos que ouvíramos. Não tinham o caráter feroz que anuncia uma intenção hostil imediata. Apesar de inesperados, selvagens e violentos, haviam-me dado uma irresistível impressão de lamento. A visão do vapor, por algum motivo, enchera aqueles selvagens de incontido sofrimento. O perigo, se havia, expliquei, vinha de estarmos próximos de uma grande paixão humana desencadeada. Mesmo o extremo sofrimento pode em última instância explodir em violência — embora mais geralmente assuma a forma de apatia...

"Vocês deviam ter visto os peregrinos olhando fixamente! Não tinham ânimo para um sorriso, nem mesmo para me xingar: mas creio que julgaram que eu enlouquecera de medo, talvez. Fiz uma verdadeira conferência. Meus caros rapazes, não adiantava preocuparmo-nos. Manter um vigia? Bem, devem imaginar que eu vasculhava o nevoeiro em busca de sinais de que fosse levantar-se, como um gato observa um rato; mas, para qualquer outra coisa, nossos olhos não nos eram mais úteis do que se estivéssemos enterrados quilômetros abaixo de um monte de tecido de algodão. E era essa a sensação — sufocante, quente, abafada. Além disso, tudo que eu dissera, embora soasse extravagante, era absolutamente verdade. Aquilo a que nos referimos depois como um ataque foi na verdade uma tentativa de repulsa. A ação ficou muito longe de ser agressiva — não foi sequer defensiva, no sentido usual: foi empreendida sob a tensão do desespero, sendo em essência puramente protetora.

"Eu diria que se deu duas horas depois que o nevoeiro se levantou, e o começo foi num ponto, falando em termos gerais, cerca de dois quilômetros abaixo do posto de Kurtz. Acabávamos de patinhar e espadanar em torno de uma curva, quando vi uma ilhota, um simples montículo de grama de um verde vivo, no meio do rio. Era a única coisa daquele tipo; mas quando avançamos mais no remanso, percebi que se tratava da ponta de um extenso banco de areia, ou antes de uma cadeia de manchas rasas que se estendiam pelo meio do rio abaixo. Eram descoradas, lavadas, e via-se todo o conjunto logo abaixo da superfície, exatamente como a coluna de uma pessoa por baixo da pele. Ora, até onde eu via, podíamos passar pela direita ou pela esquerda daquilo. Eu não conhecia nenhuma das passagens, é claro. As margens pareciam muitíssimo iguais, e a profundidade a mesma; mas, como eu fora informado de que o posto ficava no lado oeste, naturalmente me encaminhei para a passagem oeste.

"Tão logo entráramos bastante nela, percebi que era muito mais estreita do que eu julgara. À nossa esquerda ficava o longo e ininterrupto baixio, e, à direita, uma margem alta, íngreme, densamente coberta de matagal. Acima do matagal, as árvores erguiam-se em cerradas fileiras. Os galhos pendiam cerrados sobre o rio, e, de intervalo em intervalo, um grande galho de árvore se projetava esticado sobre a água. Estávamos então em plena tarde, a face da floresta mostrava-se sombria, e uma larga faixa de sombra já caíra sobre o rio. Nessa sombra, navegávamos rio acima — muito devagar, como podem imaginar. Guinei o vapor bem para o interior — pois a água era mais profunda perto da margem, como me informara a vara de medir.

"Um de meus amigos famintos e resignados fazia medições na proa bem embaixo de mim. Aquele vapor era exatamente igual a uma chata com convés. No convés, havia duas casinhas de madeira, com portas e janelas. A caldeira ficava na proa, e a maquinaria bem à popa. Sobre esse conjunto havia um leve telhado, apoiado em colunas. A chaminé projetava-se através daquele telhado, e em frente dela uma pequena cabine, construída com tábuas claras, servia de casa do piloto. Continha um sofá, dois tamboretes de campanha, um Martini-Henry carregado encostado num canto, uma minúscula mesa e a roda do leme. Tinha uma porta larga na frente, e uma larga janela de cada lado. Todas viviam sempre escancaradas, é claro. Eu passava os dias encarapitado lá em cima, na ponta de trás daquele telhado, diante da porta. À noite dormia, ou tentava, no sofá. Um negro atlético, pertencente a alguma tribo do litoral, e treinado pelo meu infeliz antecessor, era o timoneiro. Usava um par de brincos de metal dourado, um pedaço de pano azul que o cobria da cintura aos tornozelos, e fazia um grandíssimo conceito de si mesmo. Era o tipo mais instável de idiota que eu já vira. Manejava a roda do leme com um nunca acabar de pose quando eu estava perto; mas se o perdíamos de vista, ele se tornava na mesma hora presa de um medo abjeto, e deixava o estropiado vapor tomar conta de si num minuto.

"Eu olhava para baixo, para a vara de medir, e me sentia muito irritado por ver a cada tentativa uma parte maior ficar fora d'água, quando vi o homem da vara desistir subitamente da atividade e estirar-se ao comprido no convés, sem sequer se dar o trabalho de puxá-la para dentro. Mas continuava segurando-a, e ela se arrastava na água. Ao mesmo tempo, o foguista, que eu também via lá embaixo, sentou-se ab-ruptamente diante da fornalha e encolheu a cabeça. Fiquei perplexo. Então, tive de olhar para o rio com muita rapidez, porque havia um toco no canal. Varetas, pequenas varetas, voavam em torno — em grosso; passavam assobiando pelo meu nariz, caíam a meus pés, batiam na parede de trás de minha cabine de piloto. Durante todo esse tempo o rio, a margem, a mata estavam muito quietos — inteiramente quietos. Eu ouvia apenas o pesado bater da roda de popa e o som daquelas coisas. Contornamos o toco desajeitadamente. Flechas, por Júpiter! Estavam atirando contra nós! Entrei rapidamente para fechar a janela do lado de terra. O idiota do timoneiro, as mãos nas malaguetas da roda do leme, erguia os joelhos bem alto, batia os pés, rilhava os dentes como um cavalo sofreado. Maldito! E bambeávamos para uns três metros da margem. Tive de curvar-me inteiramente para fora, a fim de fechar a pesada janela, e vi um rosto entre as folhas, no mesmo nível do meu, olhando-me muito feroz e firme; e então, de repente, como se removessem um véu de meus olhos, distingui, no fundo da emaranhada escuridão, peitos, braços e pernas nus, olhos chamejantes — a mata fervilhava de membros humanos em movimento, reluzentes, cor de bronze. Os galhos balançavam, oscilavam e farfalhavam, as flechas voavam de lá, e depois a janela se fechou.

"— Dirija-o reto em frente — eu disse ao timoneiro.

Ele mantinha a cabeça rígida, o rosto voltado para a frente; mas rolava os olhos, suspendia e baixava os pés suavemente, a boca espumava um pouco. "— Fique quieto!

—" eu disse, furioso. Era o mesmo que ordenar a uma árvore que não oscilasse ao vento. Precipitei-me para fora. Abaixo de mim, ouvia-se um grande arrastar de pés sobre o convés de ferro; exclamações confusas; uma voz gritou:

"— Pode voltar?

"Vi uma ondulação em forma de V na água. Como? Outro toco! Uma fuzilaria partiu de debaixo de mim. Os peregrinos haviam aberto fogo com suas Winchesters, e simplesmente esguichavam chumbo dentro daquela mata. Uma fumaça dos diabos subia e avançava lentamente. Praguejei contra ela. Agora tampouco podia ver a ondulação do diabo do toco. Fiquei de pé na porta, espiando, e as flechas vinham de enxurrada. Talvez fossem envenenadas, mas pareciam não poder matar um gato. A mata começou a uivar. Nossos lenhadores ergueram um berro guerreiro; o estampido de um rifle bem atrás de mim me ensurdeceu. Voltei a cabeça, e a cabine do piloto ainda era só barulho e fumaça quando me precipitei para a roda do leme. O idiota do negro largara tudo para escancarar a janela e disparar aquele Martini-Henry. Estava de pé diante da larga abertura, olhando, e gritei-lhe que voltasse, enquanto corrigia a súbita guinada do vapor. Não havia espaço para uma meia-volta, mesmo que eu quisesse, o toco estava em algum ponto muito próximo, à frente, naquela maldita fumaça, não havia tempo a perder, e assim simplesmente joguei o vapor para a margem — direto para a margem, onde sabia que a água era profunda.

"Passamos devagar pelos galhos suspensos sobre a água num redemoinho de galhos quebrados e folhas que voavam para todos os lados. A fuzilaria abaixo parou de repente, como eu previra que pararia quando as armas se esvaziassem. Joguei a cabeça para trás, ao ouvir um zunido que atravessou a cabine do piloto, entrando por uma janela e saindo pela outra. Olhando além do louco timoneiro, que brandia o rifle vazio e gritava para a margem, vi vagos vultos de homens correndo agachados, saltando, deslizando, indistintos, incompletos, evanescentes. Algo grande surgiu no ar diante da janela, o rifle caiu por sobre a amurada, e o homem recuou apressado, voltou a cabeça para me olhar de um modo extraordinário, profundo, familiar, e desabou a meus pés. Bateu duas vezes com o lado da cabeça na roda do leme, e a ponta do que parecia uma longa bengala rodou e derrubou um pequeno tamborete de campanha. Aparentemente, após arrancar aquela coisa de alguém na margem, ele perdera o equilíbrio com o esforço. A tênue fumaça se desfizera, havíamos passado pelo toco, e, olhando em frente, eu via que, com mais uns cem metros, estaria livre para guinar afastando-me da margem; mas sentia os pés tão quentes e úmidos que tive de baixar os olhos. O homem rolara de costas e olhava-me fixo; agarrava a bengala com ambas as mãos. Era o cabo de uma lança que, atirada ou enfiada pela abertura, o pegara do lado, logo abaixo das costelas; a ponta sumira de vista, após causar um horrível ferimento; eu tinha os sapatos encharcados; uma poça de sangue, parada, reluzia com um vermelho-escuro embaixo da roda; os olhos dele brilhavam com uma luz espantosa. A fuzilaria irrompeu de novo. Ele me olhava ansioso, agarrando a lança como uma coisa preciosa, com um ar de recear que eu tentasse tomá-la dele. Tive de fazer um esforço para libertar meus olhos do fixo olhar do homem e cuidar do leme. Com uma mão, tateei acima em busca do cordão do apito a vapor, e dei um apito atrás do outro, apressado, com puxões violentos. O tumulto de berros furiosos e bélicos foi contido no mesmo instante, e então, das profundezas da mata, veio um tão trêmulo e prolongado lamento de triste medo e absoluto desespero quanto o que se pode imaginar que acompanhará a fuga da última esperança da terra. Houve uma grande agitação na mata; a chuva de setas parou, uns poucos gritos decrescentes ressoaram nítidos — e depois silêncio, no qual o lânguido bater da roda de popa me chegava claramente aos ouvidos. Pus o leme direto a estibordo no momento em que o peregrino de pijama cor-de-rosa, muito acalorado e agitado, apareceu na porta.

"— O gerente me mandou... — começou, num tom oficial, e parou de chofre. — Deus do céu! — disse, olhando o ferido.

"Nós dois, brancos, ficamos parados ao lado dele, e seu olhar lustroso e inquisidor nos envolveu a ambos. Juro que parecia que ele ia fazer-nos alguma pergunta numa linguagem compreensível; mas morreu sem emitir um som, sem mover um membro, sem contorcer um músculo. Só no momento final, como em resposta a algum sinal que não podíamos ver, algum sussurro que não podíamos ouvir, armou uma pesada carranca, e essa carranca deu à sua negra máscara mortuária uma expressão inconcebivelmente sombria, meditativa e ameaçadora.

"— Sabe governar um navio? — perguntei ao agente, seriamente.

"Ele fez um ar de grande dúvida; mas agarrei-lhe o braço e ele compreendeu imediatamente que eu queria que governasse, soubesse ou não. Para dizer-lhes a verdade, eu estava numa mórbida ansiedade para trocar de meias e sapatos.

"— Ele está morto — murmurou o sujeito, imensamente impressionado.

"— Quanto a isso, nenhuma dúvida — eu disse, puxando feito um louco os cadarços do sapato. — E a propósito, suponho que o sr. Kurtz também estará morto, a esta altura.

"No momento, essa era a ideia dominante. Minha sensação era de extrema decepção, como se descobrisse que estivera lutando por uma coisa inteiramente sem substância. Não me sentiria mais desgostoso se houvesse viajado toda aquela distância com o único objetivo de conversar com o sr. Kurtz. Conversar com... Joguei um sapato por sobre a amurada, e tomei consciência do que era, exatamente, que procurava — uma conversa com o sr. Kurtz. Fiz a estranha constatação de que nunca o imaginara fazendo alguma coisa, vocês sabem, mas apenas falando. Eu não disse a mim mesmo: 'Agora, jamais vou vê-lo', ou

'Agora jamais apertarei a mão dele', mas 'Agora jamais vou ouvi-lo'. O homem apresentava-se como uma voz. Não, é claro, que eu não o relacionasse com algum tipo de ação. Não me haviam dito, em todos os tons de ciúme e admiração, que ele coletara, trocara, ganhara na trapaça ou roubara mais marfim que todos os outros agentes juntos? Não era isso que importava. O que importava era que se tratava de uma criatura talentosa, e que, de todos os seus talentos, aquele que se sobressaía com destaque, que trazia consigo um senso de presença real, era sua capacidade de falar, suas palavras — o dom da expressão, o espantoso, o iluminador, o mais exaltado e o mais desprezível, a pulsante corrente de luz, ou o enganoso fluir do coração de uma impenetrável escuridão.

"O outro sapato saiu voando para dentro do deus-demônio que era aquele rio. Pensei: por Júpiter! Está tudo acabado. Chegamos tarde demais; ele desaparecera — o dom desaparecera, graças a alguma lança, flecha ou porrete. Jamais vou ouvir aquele camarada falar, afinal — e minha mágoa era uma emoção de uma extravagância espantosa, como a que eu notara no lamentoso uivar daqueles selvagens na mata. Não poderia sentir uma desolação mais solitária se me houvessem roubado uma crença, ou se tivesse perdido meu destino na vida... Por que alguém aí suspira dessa maneira horrível? Absurdo? Bem, absurdo. Bom Deus! Não deve um homem nunca... Aqui, dê-me um pouco de tabaco."

Fez-se uma pausa de profunda quietude, depois um fósforo espocou, e o magro rosto de Marlow surgiu, consumido, vazio, com dobras despencadas e pálpebras caídas, e com um aspecto de concentrada atenção; e, enquanto ele puxava vigorosas baforadas de seu cachimbo, parecia recuar e avançar na noite, ao tremular constante da minúscula chama. O fósforo apagou-se.

"— Absurdo! — ele exclamou. — Isso é o pior quando se tenta contar... Aí estão vocês todos, cada um atracado em dois bons endereços, como um casco com duas âncoras, um açougueiro numa esquina, um policial na outra, excelentes apetites e temperatura normal — estão ouvindo —, normal do princípio ao fim do ano. E dizem que é absurdo! Absurdo é o… diabo! Absurdo! Meus caros amigos, que se pode esperar de um homem que, de puro nervosismo, acabava de jogar pela amurada um par de sapatos novos? Agora que penso nisso, é surpreendente que não tenha vertido lágrimas. Em geral, orgulho-me de minha força moral. Atingira-me até a medula a ideia de que perdera o inestimável privilégio de ouvir o talentoso Kurtz. Evidentemente, estava enganado. O privilégio esperava-me. Oh, sim, ouvi mais que o suficiente. E também estava certo. Uma voz. Ele era pouco mais que uma voz. E ouvi… a ele… a ela… àquela voz… outras vozes… todas elas eram tão pouco mais que vozes… e a própria lembrança daquela época permanece à minha volta, impalpável, como uma vibração que morre de uma imensa tagarelice, tola, atroz, sórdida, selvagem ou simplesmente mesquinha, sem qualquer espécie de sentido. Vozes, vozes… mesmo a própria moça agora…"

Calou-se por um longo tempo.

"— Expus o espectro dos dons dele, afinal, com uma mentira — recomeçou de repente. — Moça? Quê? Falei numa moça? Oh, ela está fora disso… completamente. Elas… as mulheres, quero dizer… estão fora disso… deveriam estar fora disso. Devemos ajudá-las a permanecer naquele belo mundo só delas, para que o nosso não se torne pior. Oh, ela precisava estar fora disso. Vocês deviam ter ouvido o desinteressado corpo do sr. Kurtz dizendo: 'Minha Pretendida'. Teriam logo percebido então como ela estava completamente fora. E o vistoso osso frontal do sr. Kurtz! Dizem que os cabelos continuam crescendo às vezes, mas aquele… ah… espécime era impressionantemente calvo. A selva acariciara-lhe a cabeça, e, vejam, era como uma bola… uma bola de marfim; ela a acariciara, e… vejam… ele se encolhera; ela o tomara, o amara, o abraçara, entrara-lhe nas veias, consumira-lhe a carne e selara a alma dele à sua própria através das inconcebíveis cerimônias de uma iniciação demoníaca. Ele era o mimado e papariçado favorito dela. Marfim? Eu diria que sim. Montes dele, pilhas dele. O velho barraco de barro estourava de tanto marfim. Dir-se-ia que não restara uma única presa acima ou abaixo do chão em toda a região. 'Na maioria, são fósseis', dissera o gerente, depreciativamente. Não eram mais fósseis que eu, mas chamam a coisa de fóssil quando é desenterrada. Parece que os negros enterram as presas às vezes... mas evidentemente não podiam enterrar aquele carregamento suficientemente fundo para salvar o talentoso sr. Kurtz de seu destino. Enchemos o vapor com ele, e tivemos de empilhar um bocado no convés. Assim ele podia ver e desfrutar enquanto pudesse ver, porque a apreciação desse favor permanecera com ele até o fim. 'Meu marfim.' Oh, sim, eu o ouvi. 'Minha Pretendida, meu marfim, meu posto, meu rio, meu...' Tudo lhe pertencia. Tive de prender a respiração ao ouvir a selva explodir numa prodigiosa gargalhada, que abalaria as estrelas fixas em seus lugares. Tudo pertencia a ele... mas aquilo era uma ninharia. O importante era saber a que ele pertencia, quantos poderes das trevas o reclamavam para si. Essa era a reflexão que fazia a gente arrepiar-se todo. Era impossível... e tampouco adiantava alguma coisa... tentar imaginar. Ele tomara um alto assento entre os demônios da terra... quero dizer, literalmente. Vocês não podem entender. Como poderiam? Com um sólido pavimento embaixo dos pés, cercados por bondosos vizinhos, andando delicadamente entre o açougueiro e o policial, no santo terror do escândalo e do patíbulo, do asilo de loucos — como podem imaginar a que região particular das primeiras eras os desembestados pés de alguém podem levá-lo, em meio à solidão... solidão absoluta sem um policial... em meio ao silêncio... silêncio absoluto onde nenhuma voz de advertência de um bondoso vizinho pode ser ouvida sussurrando a opinião pública? Essas pequenas coisas fazem toda a grande diferença. Quando desaparecem, a gente tem de recorrer à própria força inata, à própria capacidade de fidelidade. É claro que a gente pode ser tolo o suficiente para não cometer erros... burro demais até para saber que está sendo assaltado pelos poderes das trevas. Suponho que nenhum tolo jamais barganhou sua alma com o demônio: o tolo é tolo demais, ou o demônio é demônio demais... não sei qual dos dois. Ou pode-se ser uma criatura tão tempestuosamente exaltada que chega a ser surda e cega para qualquer coisa que não as visões e sons celestiais. Então a terra para a gente é apenas um lugar onde esperar... e se, com isso, se ganha ou se perde, não tenho a pretensão de dizer. Mas a maioria de nós não é uma coisa nem outra. A terra para nós é um lugar onde viver, onde temos de nos haver com visões, com sons, com cheiros também, por Júpiter! Cheirar hipopótamo morto, por assim dizer, sem ser contaminado. E aí, não percebem?, entra a nossa força, a fé em nossa capacidade para cavar buracos discretos onde enterrar a coisa... nosso poder de dedicação, não a nós mesmos, mas a um negócio obscuro e dilacerante. E isso já é bastante difícil. Vejam, não estou tentando desculpar ou mesmo explicar... estou tentando responder por mim mesmo quanto... quanto ao sr. Kurtz... quanto à sombra do sr. Kurtz. Aquele iniciado fantasma vindo do fundo do nada honrou-me com sua espantosa confiança antes de desaparecer completamente. Isso se deu porque podia falar inglês comigo. O Kurtz original fora educado em parte na Inglaterra, e — como teve a bondade de dizer ele próprio — suas simpatias estavam no lugar certo. A mãe era meio inglesa, o pai meio francês. Toda a Europa contribuíra para a fabricação de Kurtz; e aos poucos fui sabendo que, da maneira mais apropriada, a Sociedade Internacional para a Eliminação de Costumes Bárbaros confiara-lhe a elaboração de um relatório para sua futura orientação. E ele o escrevera, ainda por cima. Era eloquente, vibrava de eloquência, mas demasiado pomposo, creio. Encontrara tempo para 17 páginas de letrinha miúda! Mas isso deve ter sido antes que seus — digamos — nervos se complicassem e o fizessem presidir a certas danças à meia-noite, que acabavam com rituais indizíveis, os quais — até onde eu relutantemente deduzi do que ouvi em várias ocasiões — eram oferecidos a ele — entendem? — ao próprio sr. Kurtz. Mas tratava-se de uma bela peça literária. O parágrafo de abertura, porém, à luz de informações posteriores, parece-me agora sinistro. Começava com o argumento de que nós, brancos, no ponto de desenvolvimento a que chegamos, 'devemos necessariamente parecer a eles (selvagens) seres sobrenaturais — aproximamo-nos deles com o poder de uma divindade', e por aí seguia. 'Pelo simples exercício de nossa vontade, podemos fazer um bem praticamente ilimitado' etc. etc. A partir desse ponto, ia às alturas, e levava-me consigo. A peroração era magnífica, embora difícil de lembrar, vocês sabem. Dava-me a ideia de uma exótica Imensidão, governada por uma augusta Benevolência. Fez-me vibrar de entusiasmo. Era o ilimitado poder da eloquência… das palavras… das ardentes e nobres palavras. Não havia sugestões de ordem prática para interromper a mágica corrente das frases, a não ser que uma espécie de nota de pé de página no fim, garatujada evidentemente muito depois, numa letra trêmula, possa ser encarada como a exposição de um método. Era muito simples, e ao final desse comovente apelo a todos os sentimentos altruístas, brilhava para nós, luminosa e aterrorizante, como o clarão de um relâmpago num céu sereno: 'Exterminem todos os brutos!' O curioso é que ele aparentemente esquecera por completo o valioso *post scriptum*, porque, mais tarde, quando em certo sentido voltou a si, rogou-me repetidas vezes que tivesse muito cuidado com 'meu panfleto' (como o chamava), que certamente teria no futuro uma boa influência sobre sua carreira. Recebi plena informação sobre tudo isso, e além do mais, como vim a descobrir, ia ter de cuidar de sua memória. Eu fizera o bastante por ela para ter o direito indiscutível, se assim escolhesse, de relegá-la a um eterno repouso na lata de lixo do progresso, entre todos os detritos e, falando de um modo figurado, todos os gatos mortos da civilização. Mas aí, vocês sabem, eu não tenho escolha. Ele não será esquecido. O que quer que tenha sido, não foi comum. Tinha o poder de encantar ou amedrontar almas rudimentares, levando-as a uma condenada dança de feiticeiros em sua honra; também enchia as almas pequenas dos peregrinos de amargos pressentimentos: tinha no mínimo um amigo dedicado, e conquistara uma alma no mundo que não era nem rudimentar nem maculada pelo egoísmo. Não; não posso esquecê-lo, embora não esteja disposto a afirmar que o sujeito valesse exatamente a vida que perdemos para chegar a ele. Talvez vocês achem exageradamente estranho esse pesar por um selvagem que não significava mais que um grão de areia num negro Saara. Bem, não veem?, ele fizera alguma coisa, governara o navio; durante meses tive-o às minhas costas... um ajudante... um instrumento. Era uma espécie de sociedade. Ele governava o leme para mim — e eu tinha de cuidar dele, preocupava-me com suas deficiências, e assim criara-se uma ligação sutil, da qual só tomei consciência quando se rompeu de repente. E a íntima profundidade daquele olhar que ele me lançou quando foi ferido continua até hoje em minha memória... como uma reivindicação de distante parentesco afirmada num momento supremo.

"Pobre tolo! Se ao menos houvesse deixado aquela janela em paz. Não tinha contenção, nenhuma contenção — exatamente como Kurtz — uma árvore agitada pelo vento. Assim que pus um par de chinelos secos, arrastei-o para fora, depois de arrancar, primeiro, a lança de seu flanco, operação que confesso ter executado de olhos fortemente fechados. Os calcanhares saltaram juntos no pequeno degrau da porta; os ombros comprimiam-se contra meu peito; eu o abraçava desesperadamente por detrás. Oh! Era pesado, pesado; mais pesado que qualquer outro homem da terra, eu diria. Depois, sem mais aquela, joguei-o por sobre a amurada. A corrente agarrou-o como se fosse um tufo de grama, e vi o corpo rolar duas vezes antes de perdê-lo de vista para sempre. Todos os peregrinos e o gerente congregavam-se então sob o toldo em volta da cabine do piloto, tagarelando uns com os outros como um bando de gralhas excitadas, e houve um murmúrio de escândalo diante de minha impiedosa presteza. Para que queriam manter aquele cadáver ali, é algo que não posso imaginar. Para embalsamá-lo, talvez. Mas eu também ouvira um outro murmúrio, e bastante sinistro, no convés de baixo. Meus amigos lenhadores estavam igualmente escandalizados, e com melhor razão — embora eu admita que a razão em si era bastante inadmissível. Oh, inteiramente! Eu decidira que, se meu falecido timoneiro teria de ser comido, só os peixes o teriam. Fora um timoneiro de segunda classe, quando vivo, mas agora que estava morto poderia tornar-se uma tentação de primeira classe e talvez causar um espantoso problema. Além disso, eu estava ansioso para assumir o timão, pois o homem de pijama cor-de-rosa se mostrava uma irredimível nulidade no ofício.

"Foi o que fiz assim que acabou o funeral. Navegávamos a meia velocidade, mantendo-nos bem no meio do rio, e eu ouvia a conversa à minha volta. Haviam desistido de Kurtz, haviam desistido do posto; Kurtz estava morto, e o posto incendiado… e assim por diante. O peregrino ruivo estava fora de si com a ideia de que pelo menos o pobre Kurtz fora devidamente vingado.

"— Diga lá! Devemos ter feito um glorioso massacre deles no mato. Hem? Que pensa o senhor? Diga!

"Positivamente dançava, o miseravelzinho sanguinário e fogoso. E quase desmaiara quando vira o ferido! Não pude deixar de dizer:

"— De qualquer modo, vocês fizeram um glorioso monte de fumaça.

"Eu vira, pela maneira como o alto do matagal se agitava e voava em pedaços, que quase todos os tiros haviam sido altos demais. Não se pode atingir alguma coisa se não se faz mira e atira com a arma apoiada no ombro; mas aqueles sujeitos atiravam com a arma apoiada no quadril, e de olhos fechados. A retirada, eu afirmava — e estava certo —, fora causada pelo barulho do apito do vapor. Com isso eles esqueceram Kurtz e começaram a berrar indignados protestos contra mim.

"O gerente estava de pé ao lado da roda do leme, murmurando confidencialmente algo sobre a necessidade, de qualquer forma, de afastarmo-nos muito rio abaixo antes do anoitecer, quando vi a distância uma clareira na beira do rio e os contornos de algum tipo de construção.

"— Que é aquilo? — perguntei.

"Ele bateu palmas, maravilhado.

"— O posto! — exclamou.

"Guinei imediatamente, ainda seguindo a meia velocidade.

"Pelo binóculo, via a encosta de um morro pontilhada de umas poucas árvores e inteiramente limpa de matagal. Uma comprida casa, caindo aos pedaços, meio enterrada no mato alto, em cima do morro; os grandes buracos no telhado de palha surgiam negros de longe; a selva e o matagal faziam o pano de fundo. Não havia cercado ou cerca de espécie alguma; mas aparentemente houvera, pois perto da casa meia dúzia de finas estacas permaneciam de pé, em fila, rudemente desbastadas, as pontas enfeitadas com bolas redondas esculpidas. A cerca, ou o que quer que tivesse havido entre elas, desaparecera. Evidentemente, a floresta cercava tudo aquilo. A margem do rio estava limpa, e, na beira d'água, vi um branco sob um chapéu que parecia um carrinho de mão, acenando insistentemente com todo o braço. Examinando a borda da floresta, acima e abaixo, tive quase certeza de que podia distinguir movimentos — vultos humanos esgueirando-se aqui e ali. Naveguei até um pouco adiante, prudentemente, depois parei as máquinas e deixei o vapor à deriva. O homem na margem começou a gritar, pedindo-nos que desembarcássemos.

"— Fomos atacados — gritou o gerente.

"— Eu sei, eu sei. Está tudo bem — gritou de volta o outro, muito animado. —Venham para cá. Está tudo bem.

"Sua aparência lembrou-me alguma coisa que eu vira — alguma coisa engraçada que eu vira em alguma parte. Enquanto manobrava para encostar, perguntava-me: 'Que é que parece esse sujeito?' De repente, lembrei-me. Parecia um Arlequim. As roupas haviam sido feitas de um material que provavelmente era linho ou algodão grosso, mas estavam todas remendadas, com pedaços coloridos, azuis, vermelhos e amarelos — remendos nas costas, remendos na frente, remendos nos cotovelos, nos joelhos; cores vivas no paletó, borda escarlate nas bocas das calças; e a luz do sol fazia-o parecer extremamente alegre e maravilhosamente elegante ao mesmo tempo, porque se podia ver como todos aqueles remendos haviam sido feitos com arte. Um rosto imberbe, juvenil, muito louro, sem feições características dignas de nota, nariz pelado, olhinhos azuis, sorrisos e carrancas sucedendo-se naquela expressão aberta como os efeitos de sol e sombras numa planície batida pelo vento.

"— Cuidado, comandante — ele gritou. — Puseram um toco aí na noite passada.

"Quê! Mais um toco? Confesso que praguejei despudoradamente. Eu quase furara o meu aleijado para concluir aquela encantadora viagem. O Arlequim na margem ergueu para mim o seu narizinho de fraldiqueiro.

"— O senhor é inglês? — perguntou, todo sorrisos.

"— O senhor é? — gritei, de minha posição junto à roda.

"Os sorrisos desapareceram, e ele balançou a cabeça como se lamentasse minha decepção.

"— Deixe pra lá! — gritou, encorajado.

"— Chegamos a tempo? — perguntei.

"— Ele está lá em cima — respondeu o homenzinho com um aceno de cabeça para o topo do morro, e fechando-se de repente. Seu rosto era como o céu de outono, encoberto num momento e luminoso no seguinte.

"Quando o gerente, escoltado pelos peregrinos, todos armados até os dentes, se dirigiram para a casa, o tal sujeito subiu a bordo.

"— Olhe, eu não gosto disso. Esses nativos estão na mata — eu disse.

"Ele me garantiu ansiosamente que estava tudo bem.

"— São gente simples — acrescentou. — Bem, estou contente que tenham vindo. Precisei de todo o tempo para mantê-los a distância.

"— Mas o senhor disse que estava tudo bem — exclamei.

"— Oh, não querem fazer mal — ele disse; e quando o olhei, pasmado, corrigiu. — Não exatamente. — E depois, com vivacidade: — Por minha fé, sua cabine de piloto precisa de uma limpeza! — E logo a seguir me aconselhava a manter bastante pressão na caldeira para soprar o apito em caso de encrenca. — Um bom apito fará mais por vocês do que todos os seus rifles. São gente simples — repetiu.

"Falava com tamanha rapidez que me subjugou inteiramente. Parecia tentar compensar montes de silêncio, e na verdade insinuou, rindo, que era isso mesmo.

"— O senhor não conversa com o sr. Kurtz? — perguntei.

"— Ninguém conversa com aquele homem; a gente o ouve — ele exclamou, com severa exaltação. — Mas agora... — Acenou com a mão, e num piscar de olhos estava mergulhado no mais profundo desânimo. Reanimou-se num instante, com um salto, apoderou-se de minhas mãos, balançou-as continuamente, enquanto tagarelava: 'Irmão marinheiro... honra... prazer... deleite... apresentar-me... russo... filho de um arquipope... Governo de Tambov... Quê? Tabaco! Tabaco inglês, o excelente tabaco inglês? Qual o marinheiro que não fuma?'

"O cachimbo aliviou-o, e aos poucos compreendi que fugira da escola, ganhara o mar num navio russo; tornara a fugir; trabalhara algum tempo em navios ingleses; e estava agora reconciliado com o arquipope. Insistiu nisso.

"— Mas quando a gente é jovem deve ver as coisas, ganhar experiência, ideias; alargar a mente.

"— Aqui! — interrompi.

"— Nunca se sabe! Aqui eu conheci o sr. Kurtz — ele disse, juvenilmente solene e repreensivo.

"Segurei a língua depois disso. Parece que ele convencera uma casa comercial holandesa do litoral a equipá-lo com mercadorias e partira para o interior de coração leve e sem mais ideia do que lhe aconteceria do que um bebê. Andara vagueando por aquele rio por quase dois anos, sozinho, isolado de todos e de tudo.

"— Não sou tão jovem quanto pareço. Tenho vinte e cinco anos — disse. — A princípio, o velho Van Shuyten me mandou para o inferno — contou, com agudo prazer. — Mas me agarrei a ele, falei e falei, até que, afinal, ele teve medo que eu arrancasse a pata traseira de seu cão favorito, de tanto falar, e me deu alguns artigos baratos e algumas armas, e me disse que esperava jamais tornar a ver minha cara de novo. Bom holandês velho, Van Shuyten. Mandei-lhe um pequeno carregamento de marfim há um ano, para ele não me chamar de ladrãozinho quando eu voltar. Espero que tenha recebido. Quanto ao resto, não me importa. Tenho um pouco de lenha empilhada para o senhor. Aquela ali era a minha antiga casa. Viu?

"Dei-lhe o livro de Towson. Pareceu que ia beijar-me, mas se conteve.

"— Era o único livro que me restava, e eu pensava tê-lo perdido — disse, olhando-o extaticamente. — Acontecem tantos acidentes com as pessoas que andam por aí sozinhas, o senhor sabe. As canoas às vezes viram, e às vezes a gente tem de dar o fora muito depressa, quando as pessoas ficam furiosas. — Folheou as páginas.

"— O senhor fez essas anotações em russo? — perguntei. Ele assentiu. — Eu pensava que estavam escritas em código — eu disse.

"Ele riu, depois ficou sério.

"— Tive muitos problemas para manter essa gente afastada — disse.

"— Queriam matá-lo? — perguntei.

"— Oh, não! — ele exclamou, e conteve-se.
"— Por que nos atacaram? — prossegui.
"Ele hesitou, depois disse desavergonhadamente:
"— Não querem que ele vá embora.
"— Não querem? — perguntei, curioso.
"Ele assentiu com a cabeça, num gesto cheio de mistério e sabedoria.
"— Estou dizendo ao senhor — exclamou —; esse homem alargou minha mente.
"Abriu muito os braços, fixando-me com seus olhinhos azuis, perfeitamente redondos."

Capítulo III

"— Fiquei olhando-o, perdido em minha perplexidade. Ali estava ele diante de mim, multicolorido, como se houvesse fugido de uma trupe de mímicos, entusiástico, fabuloso. Até sua existência era improvável, inexplicável e inteiramente espantosa. Um problema insolúvel. Era inconcebível que existisse, que houvesse conseguido chegar tão longe, que houvesse conseguido permanecer... não desaparecer instantaneamente.

"— Fui um pouco mais longe — ele disse —, depois mais ainda um pouco, até chegar tão longe que não sei como vou voltar um dia. Deixa pra lá. Muito tempo. Posso dar um jeito. Levem Kurtz depressa... depressa, é o que estou lhe dizendo.

"O encanto da juventude envolvia seus trapos coloridos, sua pobreza, sua solidão, a desolação que era a essência de suas fúteis ciranda. Durante dias — anos — sua vida não tivera a expectativa de mais um dia; e ali estava ele bravamente, impensadamente vivo, indestrutível, segundo todas as aparências, apenas em virtude de seus poucos anos e de sua irrefletida audácia. Fui seduzido a sentir alguma coisa parecida a admiração — a inveja. O feitiço impelia-o, o feitiço mantinha-o incólume. Ele certamente nada queria da selva senão espaço para respirar e seguir em frente. Sua necessidade era de existir, e seguir adiante sob o maior risco possível, e com um máximo de privação. Se o espírito de aventura absolutamente puro, não calculista, imprático já dominara um dia um ser humano, fora àquele jovem remendado. Eu quase lhe invejava a posse daquela modesta e límpida chama. Ela parecia ter consumido tão completamente toda ideia de ego, que mesmo quando ele conversava conosco, esquecíamo-nos que fora ele — o homem diante de nossos olhos — quem passara por todas aquelas coisas. Mas não invejava sua dedicação a Kurtz. Ele não meditara sobre ela. A coisa viera ao seu encontro, e ele a aceitara com uma espécie de ávido fatalismo. Devo dizer que, para mim, aquilo parecia a coisa mais perigosa, sob todos os aspectos, com que ele se deparara até então.

"Os dois haviam se encontrado inevitavelmente, como dois navios paralisados pela calmaria se aproximam um do outro e terminam roçando os flancos. Suponho que Kurtz precisasse de um público, porque em certa ocasião, quando acampavam na floresta, haviam conversado a noite toda, ou mais provavelmente Kurtz conversara.

"— Falamos de tudo — ele disse, bastante arrebatado pela lembrança. — Esqueci que havia uma coisa chamada sono. A noite pareceu não durar nem uma hora. Tudo! Tudo!... Do amor também.

"— Ah, ele lhe falou do amor! — eu disse, muito divertido.

"— Não é o que o senhor está pensando — ele exclamou, quase apaixonadamente. — Foi em termos gerais. Ele me fez ver coisas... coisas.

"Jogou os braços para cima. Estávamos no convés nessa ocasião, e o chefe de meus lenhadores, zanzando por perto, voltou para ele seus olhos pesados e brilhantes. Olhei em redor, e não sei por que, mas asseguro-lhes que nunca, nunca antes, aquela terra, aquele rio, aquela selva, o próprio arco daquele céu escaldante me pareceram tão desprovidos de esperança e tão sombrios, tão impenetráveis ao pensamento humano, tão impiedosos com a fraqueza humana.

"— E, desde então, o senhor tem estado com ele, claro? — perguntei.

"Ao contrário. Parece que o relacionamento dos dois fora interrompido muitas vezes, por causas várias. Ele conseguira, segundo me informou orgulhosamente, tratar de Kurtz em duas doenças (referia-se a isso como se faria em relação a algum feito arriscado), mas em geral o outro errava sozinho nas profundezas da floresta.

"— Muitas vezes, ao vir para este posto, tive de esperar dias e dias que ele aparecesse — disse. — Ah! Valia a pena esperar... às vezes.

"— Que fazia ele? Explorações, ou o quê? — perguntei.

"— Oh, sim, decerto.

"Kurtz descobrira montes de aldeias, e um lago também — ele não sabia para que lado, exatamente; era perigoso perguntar demais — mas na maioria das vezes as expedições eram em busca de marfim.

"— Mas ele não tinha mercadorias para negociar nesse tempo — objetei.

"— Ainda resta uma boa quantidade de cartuchos — ele respondeu, desviando o olhar.

"— Falando francamente, ele saqueava a região — eu disse.

"Ele assentiu.

"— Não sozinho, certamente!

"Ele murmurou alguma coisa sobre as aldeias em torno do tal lago.

"— Kurtz fez a tribo segui-lo, não foi? — sugeri.

"Ele se mostrou um pouco inquieto.

"— Eles o adoravam — disse.

"O tom dessas palavras foi tão extraordinário que ergui o olhar para ele, perscrutadoramente. Era curioso ver aquela mistura de avidez e relutância para falar de Kurtz. O homem enchia a sua vida, ocupava seus pensamentos, abalava suas emoções.

"— Que se pode esperar? — explodiu. — Ele lhes apareceu como o trovão e o raio, o senhor sabe... e eles nunca tinham visto nada assim... muito terrível. Ele sabia ser muito terrível. Não se pode julgar o sr. Kurtz como se julgaria um homem comum. Não, não, não! Ora... só pra lhe dar uma ideia... não me importo de dizer-lhe, ele quis atirar em mim também, um dia... mas eu não o julgo.

"— Atirar no senhor! — exclamei. — Por quê?

"— Bem, eu tinha um pequeno carregamento de marfim que o chefe da aldeia perto de casa me dera. Sabe, eu costumava matar caça para eles. Bem, ele queria o marfim, e não aceitava justificativas. Declarou que atiraria em mim se eu não lhe desse o marfim e depois sumisse da região, porque podia fazer isso, e tinha vontade de fazer, e nada havia na terra que o impedisse de matar quem muito bem quisesse. E era verdade mesmo. Dei-lhe o marfim. Que me importava! Mas não sumi da região. Não, não. Não podia deixá-lo. Tinha de tomar cuidado, é claro, até voltarmos a ser amigos de novo. Ele teve então sua segunda doença. Depois, tive de manter-me afastado; mas não me importava. Ele vivia a maior parte do tempo naquelas aldeias em torno do lago. Quando descia o rio, às vezes me aceitava, e às vezes era melhor eu tomar cuidado. Aquele homem sofria demais. Odiava tudo isto aqui, e de certa forma não podia ir embora. Quando tinha oportunidade, eu lhe pedia que tentasse partir enquanto era tempo; oferecia-me para voltar com ele. E ele dizia sim, e ficava; partia em outra caçada ao marfim; desaparecia durante semanas; esquecia-se de si mesmo em meio àquela gente... esquecia-se de si mesmo, o senhor sabe.

"— Ora! É louco — eu disse.

"Ele protestou indignado. O sr. Kurtz não podia ser louco. Se eu o ouvisse falar, apenas dois dias atrás, não ousaria insinuar uma coisa daquelas... Eu pegara meu binóculo enquanto conversávamos e olhava a margem, vasculhando o limite da floresta de cada lado e atrás da casa. A consciência de que havia gente naquele matagal tão silencioso, tão quieto — tão silencioso e quieto quanto a casa arruinada no morro — me deixava nervoso. Não havia traço, na face da natureza, daquela espantosa história que me estava não tanto sendo contada, como sugerida em desoladas exclamações, complementadas com trejeitos de ombros, em frases interrompidas, em insinuações que se encerravam em profundos suspiros. A mata permanecia imóvel, e como uma máscara — pesada, como a porta fechada de uma prisão — olhava, com seu ar de conhecimento oculto, paciente expectativa, inabordável silêncio. O russo explicava-me que só ultimamente o sr. Kurtz descera o rio trazendo consigo todos os guerreiros da tribo do lago. Estivera ausente por vários meses — fazendo-se adorar, suponho — e descera inesperadamente, com a intenção, segundo todas as aparências, de fazer uma incursão do outro lado do rio ou rio abaixo. Evidentemente, o apetite por mais marfim fora mais forte do que — como direi? — as aspirações menos materiais. Contudo, piorara muito de repente.

"— Eu soube que ele estava prostrado, desvalido, e assim acorri... assumi o risco — disse o russo. — Oh, ele está mal, muito mal.

"Apontei o binóculo para a casa. Não havia sinais de vida, mas lá estavam o telhado arruinado, a comprida parede de barro surgindo acima do mato, com três janelinhas quadradas esburacadas, nenhuma delas do mesmo tamanho; tudo aquilo trazido ao alcance de minha mão, por assim dizer. E então fiz um movimento brusco, e uma das últimas estacas da cerca desaparecida entrou no campo do binóculo. Vocês se lembram de que eu lhes disse que ficara impressionado, a distância, por algumas tentativas de ornamentação, um tanto dignas de nota, no arruinado aspecto do lugar. Agora eu tinha de repente uma visão mais próxima, e o primeiro resultado disso foi fazer-me jogar a cabeça para trás, como diante de um soco. Depois passei cuidadosamente de estaca a estaca com o binóculo, e percebi meu engano. Aquelas bolas ornamentais não eram ornamentais, mas simbólicas; eram expressivas e intrigantes, impressionantes e inquietantes — matéria para pensar e também para os abutres, se algum houvesse olhado cá para baixo, lá do céu; mas de qualquer modo para as formigas industriosas o bastante para subir as estacas. Teriam sido ainda mais impressionantes, aquelas cabeças sobre as estacas, se não tivessem os rostos voltados para a casa. Só uma, a primeira que eu distinguira, voltava-se em minha direção. Não fiquei tão chocado quanto vocês podem pensar. O sobressalto para trás que tivera fora na verdade apenas um movimento de surpresa. Eu esperava ver ali uma bola de madeira, vocês sabem. Retornei deliberadamente à primeira que vira — e lá estava ela, negra, seca, murcha, de olhos fechados — uma cabeça que parecia dormir na ponta daquela estaca, e, com os lábios murchos e secos exibindo uma estreita fileira de dentes, parecia sorrir, também, sorrir continuamente de um interminável e jocoso sonho, naquele sono eterno.

"Não estou revelando nenhum segredo comercial. Na verdade, o gerente disse depois que os métodos do sr. Kurtz haviam arruinado o distrito. Não tenho opinião formada sobre esse ponto, mas quero que entendam com clareza que nada havia de exatamente lucrativo no fato de aquelas cabeças estarem ali. Elas apenas mostravam que o sr. Kurtz não tinha contenção na satisfação de seus vários desejos, que faltava alguma coisa nele — alguma materiazinha que, quando surgia a necessidade premente, não podia ser encontrada por baixo de sua magnífica eloquência. Se ele próprio conhecia essa deficiência, não sei dizer. Creio que o conhecimento lhe chegou afinal — mas só no final mesmo. Porém a selva o descobrira cedo, e se vingara nele de uma forma terrível pela fantástica invasão. Creio que lhe sussurrara coisas sobre si mesmo que ele não sabia, coisas das quais não tinha ideia até aconselhar-se com aquela grande solidão — e o sussurro revelara-se irresistivelmente fascinante. Ecoava alto dentro dele porque ele no fundo era vazio... Baixei o binóculo, e a cabeça que parecera perto o bastante para que eu falasse com ela saltou como que de repente para longe de mim, a uma inacessível distância.

"O admirador do sr. Kurtz estava um pouco abatido. Numa voz apressada, indistinta, começou a garantir-me que não se atrevera a retirar aqueles — digamos — símbolos. Não temia os nativos; eles não se mexeriam enquanto o sr. Kurtz não mandasse. Sua ascendência era extraordinária. Os acampamentos daquela gente cercavam o lugar, e os chefes iam vê-lo todo dia. Rastejavam...

"— Não quero saber nada das cerimônias usadas para se aproximar do sr. Kurtz — gritei.

"Curioso, ocorrera-me a sensação de que tais detalhes seriam mais intoleráveis que aquelas cabeças secando nas estacas embaixo das janelas do sr. Kurtz. Afinal, aquela era apenas uma visão selvagem, enquanto eu parecia, de um salto, ter sido transportado a uma sombria região de horrores sutis, onde a selvageria pura e simples era um decidido alívio, pois tratava-se de algo que tinha o direito de existir — obviamente — à luz do sol. O jovem me olhou surpreso. Suponho que não lhe tenha ocorrido que o sr. Kurtz não era ídolo algum para mim. Esquecera que eu não ouvira nenhum daqueles esplêndidos monólogos sobre — que era mesmo? — amor, justiça, conduta na vida — e sabe Deus que mais. Se era para rastejar diante do sr. Kurtz, rastejava como o mais selvagem de todos eles. Eu não fazia ideia das condições, afirmou-me; aquelas cabeças eram de rebeldes. Choquei-o demasiadamente dando uma risada. Rebeldes! Qual seria a próxima definição que iria ouvir? Houvera inimigos, criminosos, trabalhadores — e aqueles eram rebeldes. Aquelas cabeças rebeladas pareciam bastante subjugadas em suas estacas.

"— O senhor não sabe como essa vida exaure um homem como o sr. Kurtz — gritou o último discípulo do próprio.

"— Bem, e o senhor? — perguntei.

"— Eu? Eu? Eu sou um homem simples. Não tenho grandes ideias. Não quero nada de ninguém. Como pode me comparar com… — Seus sentimentos eram demasiados para ele poder falar, e de repente entrou em colapso. — Não compreendo — gemeu. — Fiz o que pude para mantê-lo vivo, e isso é o que basta. Não tive participação em nada disso. Não tenho capacidade. Não havia uma gota de remédio nem um punhado de alimento para doente, aqui, durante meses. Ele foi vergonhosamente abandonado. Um homem como aquele, com tais ideias. Vergonhosamente! Vergonhosamente! Eu… eu não dormi as últimas dez noites…

"Sua voz perdeu-se na calma do entardecer. As longas sombras da floresta haviam deslizado morro abaixo enquanto conversávamos, passaram muito além do antro arruinado, além da simbólica fileira de estacas. Tudo aquilo mergulhara na escuridão, enquanto nós, ali embaixo, ainda estávamos no sol, e o trecho do rio ao lado da clareira reluzia em imóvel e deslumbrante esplendor, com uma curva lamacenta e sombreada acima e outra abaixo. Não se via vivalma na margem. A mata não farfalhava.

"De repente, da esquina da casa surgiu um grupo de homens, como se houvessem brotado do chão. O mato chegava-lhes à cintura, e formavam um grupo compacto, transportando uma padiola improvisada no meio deles. No mesmo instante, no vazio da paisagem, ouviu-se um grito cuja estridência varou o ar como uma aguda flecha voando direto ao coração da terra; e, como por encanto, rios de seres humanos — seres humanos nus —, com lanças nas mãos, arcos, escudos, olhares selvagens e movimentos bárbaros, foram despejados na clareira pela floresta de face sombria e pensativa. O mato agitou-se, a relva oscilou por algum tempo, e depois tudo ficou quieto, com atenta imobilidade.

"— Agora, se ele não der a ordem certa a eles, estamos liquidados — disse o russo a meu lado. O grupo de homens com a padiola parara também, a meio caminho do vapor, como petrificado. Vi o homem na padiola sentar-se, magro e com o braço erguido, acima dos ombros dos padioleiros.

"— Esperemos que um homem que sabe falar tão bem do amor, em geral, encontre algum motivo particular para nos poupar desta vez — eu disse.

"Ressentia-me amargamente do absurdo perigo de nossa situação, como se estar à mercê daquele fantasma atroz fosse uma necessidade desonrosa. Não ouvia um som, mas pelo binóculo via o minúsculo braço estendido em comando, o queixo movendo-se, os olhos daquela aparição reluzindo sombriamente na ossuda cabeça, que balançava em grotescas estremeções. Kurtz — Kurtz — isso quer dizer curto em alemão, não é? Bem, o nome era tão autêntico como tudo mais na vida — e na morte — dele. Parecia ter no mínimo uns dois metros e dez. O cobertor caíra, e seu corpo emergia doloroso e apavorante como de dentro de uma mortalha. Eu via a arca das costelas agitando-se toda, os ossos do braço acenando. Era como se uma imagem animada da morte, esculpida em marfim velho, sacudisse a mão com ameaças a uma multidão imóvel feita de bronze escuro e reluzente. Vi-o escancarar a boca — aquilo lhe dava uma aparência fantasticamente voraz, como se quisesse engolir todo o ar, toda a terra, todos os homens à sua frente. Uma voz profunda chegou fracamente até nós. Devia estar gritando. De repente, tombou de costas. A padiola estremeceu quando os padioleiros tornaram a avançar, trôpegos, e, quase ao mesmo tempo, notei que a multidão de selvagens desaparecera sem qualquer movimento perceptível de retirada, como se a floresta que havia ejetado aqueles seres tão de repente os houvesse recolhido de novo, como o ar sugado numa longa aspiração.

"Alguns dos peregrinos atrás da padiola traziam as armas dele — duas espingardas, um rifle pesado e um leve revólver-carabina — os raios daquele pobre Júpiter. O gerente curvava-se sobre ele, murmurando, andando junto à sua cabeça. Depuseram-no em uma das pequenas cabines — com espaço apenas para uma cama e um ou dois tamboretes de campanha, vocês sabem. Havíamos trazido sua correspondência atrasada, e o monte de envelopes rasgados e cartas abertas empilhava-se na cama. Ele passava a mão debilmente entre aqueles papéis. Impressionaram-me o ardor de seus olhos e o composto langor de sua expressão. Não era tanto a exaustão da doença. Não parecia estar sofrendo. Aquela sombra parecia saciada e calma, como se no momento já houvesse tido seu quinhão de todas as emoções.

"Ele pegou uma das cartas, olhando-me no rosto, e disse:

"— É um prazer.

"Alguém lhe escrevera sobre mim. As tais recomendações especiais voltavam a aparecer. O volume de tom que emitia sem esforço, quase sem se dar o trabalho de mover os lábios, surpreendia-me. Uma voz! Uma voz! Era grave, profunda, vibrante, quando o homem não parecia capaz de um sussurro. Contudo, tinha energia suficiente — artificial sem dúvida — para quase dar cabo de nós, como vão saber a seguir.

"O gerente surgiu em silêncio na entrada; saí imediatamente e ele puxou a cortina às minhas costas. O russo, examinado com curiosidade pelos peregrinos, fitava a margem. Segui a direção de seu olhar.

"Distinguiam-se negros vultos humanos a distância, movimentando-se indistintamente contra a escura borda da floresta, e na beira do rio duas figuras de bronze, apoiadas em compridas lanças, erguiam-se ao sol sob fantásticos adornos de cabeça de peles malhadas, belicosos mas em repouso estatuesco. E da direita para a esquerda, ao longo da margem iluminada, movimentáva-se uma selvagem e bela visão de mulher.

"Ela caminhava com passos medidos, envolta em panos listrados com franjas, pisando a terra orgulhosamente, com um ligeiro tilintar e faiscar de bárbaros ornamentos. Andava de cabeça erguida, o cabelo penteado como um elmo; usava perneiras metálicas até os joelhos, manoplas de arame dourado até os cotovelos, uma mancha carmim na face, inúmeros colares de contas de vidro no pescoço;

umas coisas bizarras, amuletos de feiticeiros, que pendiam dela, brilhavam e tremeluziam a cada passo. Devia trazer sobre o corpo o valor de várias presas de elefante. Era selvagem e soberba, de olhos bárbaros e magnífica; havia alguma coisa de sinistro e pomposo em seu passo decidido. E no silêncio que se abatera de repente sobre toda a melancólica terra, a selva imensa, o colossal corpo da fecunda e misteriosa vida parecia olhar a imagem de sua própria alma, tenebrosa e apaixonada.

"Ela chegou junto do vapor, parou e voltou-se para nós. Sua comprida sombra estendia-se até a beira d'água. O rosto tinha uma aparência feroz e trágica de mágoa selvagem e dor abafada, misturadas com o medo de uma decisão forçosa, meio tomada. Ficou parada, olhando-nos sem se mexer e, como a própria selva, com um ar de quem medita sobre um propósito inescrutável. Passou-se todo um minuto, e então ela deu um passo à frente. Ouviu-se um baixo tilintar, houve um fulgor de metal amarelo, um adejar de tecidos franjados, e ela parou, como se o coração lhe falhasse. O jovem a meu lado rosnou. Os peregrinos murmuraram às minhas costas. Ela nos olhava como se toda a sua vida dependesse da indesviável firmeza daquele olhar. De repente, abriu os braços nus e lançou-os rígidos para cima, como num desejo incontrolável de tocar o céu, e, ao mesmo tempo, rápidas sombras se precipitaram sobre a terra, envolveram o rio e o vapor num negro abraço. Um formidável silêncio pairou sobre a cena.

"Ela se voltou lentamente, continuou a andar, seguindo a margem, e desapareceu no matagal à esquerda. Só por uma vez voltou os olhos para trás, para nós, nas sombras da mata, antes de desaparecer.

"— Se ela se dispusesse a vir a bordo, creio realmente que tentaria atirar nela — disse o homem dos remendos, nervoso. — Tenho arriscado a vida diariamente durante a última quinzena para mantê-la longe da casa. Ela entrou um dia e fez um escarcéu por causa dos miseráveis trapos que peguei no armazém para remendar minhas roupas.

Não foi uma coisa decente. Pelo menos acho que foi isso, pois ela falou com Kurtz como uma fúria, durante uma hora, apontando de vez em quando para mim. Não compreendo o dialeto dessa tribo. Felizmente para mim, imagino que Kurtz se sentia muito doente nesse dia para ligar, senão teria havido estragos. Não compreendo... Não; é demais para mim. Ah, bem, está tudo acabado agora.

"Nesse momento, ouvi a profunda voz de Kurtz por trás da cortina:

"— Salvar-me! Salvar o marfim, você quer dizer. Não me diga. Salvar a *mim*! Ora, eu tive de salvar você. Está interrompendo meus planos agora. Doente! Doente! Não tão doente quanto você gostaria de acreditar. Deixe pra lá. Ainda vou disseminar minhas ideias... vou voltar. Vou mostrar a você o que se pode fazer. Você, com suas ideiazinhas de mascate... está interferindo comigo. Eu voltarei. Eu...

"O gerente saiu. Fez-me a honra de pegar-me pelo braço e levar-me para fora.

"— Ele está muito abatido, muito abatido — disse. Achou necessário dar um suspiro, mas esqueceu-se de mostrar-se devidamente sentido. — Fizemos tudo que podíamos por ele, não fizemos? Mas não se pode esconder o fato, o sr. Kurtz fez mais mal que bem à Companhia. Não percebeu que não chegara o tempo de uma ação vigorosa. Cautela, cautela, este é o meu princípio. Ainda precisamos ter cautela. O distrito está fechado para nós por algum tempo. Deplorável! Em geral, o comércio vai sofrer com isso. Não nego que haja uma considerável quantidade de marfim... em sua maioria fóssil. Devemos salvá-lo, de qualquer modo... mas veja como é precária a posição... e por quê? Porque o método não é seguro.

"— O senhor — eu disse, olhando a margem — chama isso de 'método não seguro'?

"— Sem dúvida — ele exclamou, com ardor. — O senhor não acha?

"— Não há método algum — murmurei após algum tempo.

"— Exatamente — ele exultou. — Foi o que eu previ. Demonstra uma total falta de critério. É meu dever observar isso nos meios adequados.

"— Oh — eu disse —, aquele sujeito... como é o nome dele?... o tijoleiro fará um relatório bem legível para o senhor.

"Ele pareceu confuso por um momento. Tive a impressão de jamais ter respirado uma atmosfera tão viciada, e voltei-me mentalmente para Kurtz, em busca de alívio — decididamente de alívio.

"— Apesar de tudo, acho que o sr. Kurtz é um homem notável — eu disse com ênfase.

"Ele estremeceu, deixou cair sobre mim um olhar frio e pesado, disse muito baixinho que 'ele *era*', e deu-me as costas. Acabam minha hora de favor; vi-me jogado no mesmo saco com Kurtz, como partidário de métodos para os quais ainda não chegara a época: eu era inseguro. Ah, mas pelo menos já era alguma coisa poder escolher entre pesadelos.

"Na verdade, eu me voltara para a selva, não para o sr. Kurtz, que, não me importava admitir, já era o mesmo que estar enterrado. E por um momento pareceu-me como se também eu estivesse enterrado numa vasta sepultura de segredos indizíveis. Sentia um peso intolerável oprimindo-me o peito, o cheiro da terra úmida, a invisível presença da corrupção vitoriosa, as trevas de uma noite impenetrável... O russo bateu-me no ombro. Ouvi-o murmurar e gaguejar alguma coisa sobre 'irmão marinheiro... não podia esconder... conhecimento de assuntos que afetariam a reputação do sr. Kurtz'. Esperei. Para ele, evidentemente, o sr. Kurtz não estava na cova; desconfio que, para ele, o sr. Kurtz era um dos imortais.

"— Bem — eu disse afinal —, desembuche. Na verdade, eu sou amigo do sr. Kurtz... de certa forma.

"Ele declarou, com muita formalidade, que, se não pertencêssemos 'à mesma profissão', teria guardado o assunto para si, sem levar em conta as consequências.

Desconfiava de que havia uma má vontade ativa da parte daqueles brancos que...

"— O senhor tem razão — eu disse, lembrando-me de certa conversa que entreouvira. — O gerente acha que o senhor devia ser enforcado.

"Ele demonstrou uma preocupação com essa informação que me divertiu a princípio.

"— Seria melhor eu sumir discretamente — disse, ansioso. — Nada mais posso fazer por Kurtz agora, e eles logo encontrariam alguma desculpa. Que os deterá agora? Há um posto militar a quatrocentos e cinquenta quilômetros daqui.

"— Bem, por minha honra — eu disse —, talvez seja melhor o senhor partir, se tem alguns amigos entre os selvagens próximos.

"— Muitos — ele disse. — São gente simples... e eu nada quero, o senhor sabe. — Parou de morder o lábio, e depois disse: — Não quero que aconteça nenhum mal a esses brancos daqui, mas evidentemente pensava na reputação do sr. Kurtz... mas o senhor é um irmão marinheiro e...

"— Está bem — disse eu após algum tempo. — A reputação do sr. Kurtz está a salvo comigo. — Não sabia como o que dizia era verdade.

"Ele me informou, baixando a voz, que fora Kurtz quem ordenara o ataque ao vapor.

"— Ele odiava, às vezes, a ideia de ser levado daqui... e também, outras vezes... Mas eu não entendo dessas coisas. Sou um homem simples. Ele pensou em espantar vocês daqui... que desistiriam, julgando-o morto. Não pude detê-lo. Oh, tive dias terríveis neste último mês.

"— Muito bem — eu disse. — Ele está bem agora.

"— S-s-i-i-m-m — ele murmurou, aparentemente não muito convencido.

"— Obrigado — eu disse. — Vou ficar de olhos abertos.

"— Mas nem uma palavra, hem? — ele pediu, ansioso. — Seria terrível para a reputação do sr. Kurtz se alguém aqui... — Prometi-lhe total discrição, com grande seriedade. — Eu tenho uma canoa e três negros à minha espera não muito longe daqui. Vou-me embora. O senhor podia me dar alguns cartuchos de Martini-Henry? — Eu podia, e dei, com o devido segredo. Ele se serviu, com uma piscadela para mim, de um punhado de meu tabaco. — Entre marinheiros... o senhor sabe... bom tabaco inglês. — Na porta da cabine do piloto voltou-se. — Bem, não tem um par de sapatos sobrando? — Ergueu uma perna. — Veja. — Vi solas amarradas com cordões, como uma sandália, sob os pés nus. Desencavei um velho par, que ele olhou com admiração antes de enfiá-lo debaixo do braço esquerdo. Tinha amplos bolsos (de um vermelho berrante) estufados de cartuchos, e do outro emergia uma ponta da Investigação de Towson etc. etc. Parecia julgar-se excelentemente equipado para um novo embate com a selva. — Ah! Jamais, jamais encontrarei um homem daqueles de novo. O senhor devia tê-lo ouvido recitar poesia... dele mesmo, ainda por cima, segundo me disse. Poesia! — Rolava os olhos à recordação daqueles deleites. — Oh! Ele me alargou a mente!

"— Adeus! — eu disse.

"Ele apertou minha mão e sumiu na noite. Às vezes pergunto a mim mesmo se algum dia o vi realmente — se era possível encontrar um tal fenômeno!...

"Quando acordei, pouco depois da meia-noite, o aviso que ele me dera me voltou à mente com sua sugestão de perigo, que me pareceu, na estrelada escuridão, bastante real para fazer-me levantar e ir dar uma olhada nos arredores. No morro ardia uma grande fogueira, iluminando devidamente um retorcido canto da casa do posto. Um dos agentes, com um piquete de alguns de nossos negros, armados para esse fim, montava guarda ao marfim; mas no fundo da floresta, rubros fulgores que oscilavam e pareciam baixar e subir do chão, em meio às confusas formas colunares da intensa escuridão, mostravam a exata posição do acampamento onde os adoradores do sr. Kurtz mantinham sua nervosa vigília. O monótono bater de um grande tambor enchia o ar de impactos surdos e uma demorada vibração. O zumbido constante de muitos homens cantando, cada um para si mesmo, algum misterioso bruxedo, emergia da muralha negra e plana da mata como o de abelhas saindo de uma colmeia, e tinha um estranho efeito narcótico sobre meus sentidos meio despertos. Creio que cochilei apoiado na amurada, até que uma ab-rupta explosão de berros, uma arrasadora erupção de acumulado e misterioso frenesi, despertou-me em desorientado espanto. O barulho morreu de repente, e o zumbido baixo continuou, com o efeito de um audível e tranquilizante silêncio. Olhei por acaso para dentro da pequena cabine. Uma luz ardia ali, mas o sr. Kurtz desaparecera.

"Creio que teria soltado um grito, se houvesse acreditado em meus olhos. Mas não acreditei a princípio — tão impossível parecia a coisa. A verdade é que fiquei inteiramente desencorajado, de puro medo, puro e abstrato terror, sem relação com qualquer forma distinta de perigo físico. O que tornou aquela emoção tão arrasadora foi — como a definirei? — o choque moral que recebi, como se uma coisa inteiramente monstruosa, intolerável ao pensamento e odiosa à alma, caísse inesperadamente sobre mim. Isso durou, é claro, uma mera fração de segundo, e depois o senso comum habitual de perigo vulgar, mortal, a possibilidade de um súbito ataque e um massacre, ou alguma coisa assim, que eu via iminente, foram decididamente bem-vindos e reconfortantes. Apaziguaram-me, na verdade, tanto, que não dei um alarme.

"Um agente, embrulhado num casacão de inverno, dormia numa cadeira a menos de um metro de mim. Os berros não o tinham acordado; deixei-o em seu sono e saltei em terra. Não traí o sr. Kurtz — estava ordenado que eu jamais o trairia —, estava escrito que eu seria leal ao pesadelo de minha escolha. Ansiava por enfrentar sozinho aquela sombra — e até hoje não sei por que tinha tanto ciúme de partilhar com qualquer um o negror peculiar daquela experiência.

"Assim que cheguei à margem, vi uma trilha — uma larga trilha cortando o mato. Lembro-me da exaltação com que disse a mim mesmo: 'Ele não pode andar — está se arrastando de quatro — peguei-o.' O mato estava molhado de orvalho. Eu andava em passos rápidos, de punhos cerrados. Imagino que alimentava uma vaga ideia de me atirar sobre ele e dar-lhe uma surra, não sei. Tinha algumas ideias imbecis. A velha que tricotava com o gato no colo intrometia-se em minhas lembranças como a pessoa mais inadequada para estar no outro extremo de um caso daqueles. Vi uma fileira de peregrinos despejando chumbo no ar, de Winchesters apoiados no quadril. Pensei que jamais voltaria ao vapor, e imaginei-me vivendo sozinho e desarmado na mata até uma idade avançada. Essas coisas tolas, vocês sabem. E lembro-me de que confundi o bater do tambor com o de meu coração, e agradava-me sua calma regularidade.

"Mas mantinha-me na trilha — e então parei para escutar. A noite estava muito límpida; um escuro espaço azul, faiscando de orvalho e estrelas, no qual vultos negros se erguiam muito imóveis. Julguei ver um movimento à frente. Estava estranhamente convencido de tudo naquela noite. Na verdade, abandonei a trilha e corri num largo semicírculo (acredito muito que rindo comigo mesmo) para sair na frente daquela agitação, daquele movimento que vira — se na verdade vira alguma coisa. Contornava Kurtz, como se se tratasse de um jogo infantil.

"Encontrei-o, e, se ele não tivesse ouvido minha aproximação, teria tropeçado nele, mas ele se levantou a tempo. Ergueu-se, inseguro, comprido, pálido, indistinto, como um vapor exalado pela terra, e oscilava ligeiramente, nebuloso e calado à minha frente; enquanto às minhas costas as fogueiras surgiam entre as árvores, e vinha da floresta o murmúrio de muitas vozes. Eu o cortara astutamente; mas, quando me defrontei de fato com ele, pareci voltar aos meus sentidos, e vi o perigo em suas devidas proporções.

Ainda não passara de jeito nenhum. E se ele começasse a gritar? Embora mal pudesse manter-se em pé, ainda tinha bastante vigor na voz.

"— Vá-se embora, esconda-se — ele disse, naquele tom profundo. Era bastante terrível. Olhei para trás. Achávamo-nos a uns trinta metros da fogueira mais próxima. Um vulto negro ergueu-se, deu alguns passos sobre as pernas longas, agitando os compridos braços negros do outro lado do clarão. Tinha chifres, chifres de antílope, creio, na cabeça. Algum feiticeiro, algum bruxo, sem dúvida; parecia bastante demoníaco. — Tudo em ordem — ele respondeu, elevando a voz para essas únicas palavras, que me soaram distantes e ainda assim altas, como uma saudação através de um tubo de comunicação. Se ele criar caso, estamos perdidos, pensei comigo mesmo. Não se tratava, visivelmente, de um caso para troca de socos, mesmo ignorando-se a aversão muito natural que eu sentia a bater naquela sombra, naquela coisa errante e atormentada.

"— O senhor vai se perder — eu disse. — Vai se perder absolutamente.

"A gente tem às vezes tais lampejos de inspiração, vocês sabem. Eu disse a coisa certa, embora na verdade ele não pudesse estar mais irrecuperavelmente perdido do que naquele mesmo instante, quando se estabeleciam as bases de nossa intimidade — para durar — até o fim — e mesmo além.

"— Eu tinha planos imensos — ele murmurou, indecisamente.

"— Sim — eu disse. — Mas se tentar gritar, esmago sua cabeça com… — Não havia nem um pau nem uma pedra por perto. — Eu o esganarei para sempre — corrigi-me.

"— Eu estava no limiar de grandes coisas — ele implorou, com uma voz de anseio, com um tom de sofreguidão que me gelou o sangue. — E agora, por causa desse patife estúpido…

"— Seu sucesso na Europa está garantido, de qualquer forma — afirmei com segurança.

"Não queria ter de esganá-lo, vocês compreendem, e na verdade isso teria sido de muito pouca utilidade para fins práticos. Tentei romper o sortilégio — o pesado e mudo sortilégio da selva — que parecia atraí-lo para seu impiedoso seio, despertando instintos esquecidos e brutais, através da lembrança de paixões satisfeitas e monstruosas. Estava convencido de que só isso o impelira até a borda da floresta, para o mato, para o fulgor das fogueiras, o pulsar dos tambores, o zumbido de misteriosos bruxedos; só isso atraíra sua alma desordeira além dos limites das aspirações permitidas. E — não percebem? — o terror daquela posição não estava em receber uma paulada na cabeça — embora eu tivesse uma sensação muito vívida desse perigo, também —, mas em que eu tinha de lidar com um ser ao qual não podia apelar em nome de qualquer coisa superior ou inferior. Tinha, como os negros, de invocá-lo — a ele mesmo — à sua exaltada e incrível degradação. Nada havia acima ou abaixo dele, e eu sabia disso. Desprendera-se da terra a pontapés. Diabo de homem! Chutara a própria terra em pedaços. Estava sozinho, e eu, na sua frente, não sabia se estava no chão ou flutuava no ar. Contei-lhes o que dissemos — repeti as frases que pronunciamos —, mas de que adianta? Eram palavras comuns, de todo dia — os sons familiares, vagos, que se trocam todos os dias na vida. Mas e daí? Para minha mente, elas tinham atrás desta a terrível sugestividade de palavras ouvidas em sonhos, de frases ditas em pesadelos. Alma! Se alguém um dia já lutou com uma alma, esse alguém sou eu. E tampouco discutia com um lunático. Acreditem-me vocês ou não, a inteligência dele estava perfeitamente clara — concentrada, é verdade, sobre ele próprio com horrível intensidade — mas clara; e nisso estava a minha única possibilidade — exceto, é claro, a de matá-lo ali e então, que não era tão boa, devido ao barulho inevitável. Mas a alma dele estava louca. Ficando sozinha na selva, olhara para dentro de si mesma, e, por Deus!, enlouquecera — digo a vocês. Eu tinha — para pagar meus pecados, creio — de passar pela provação de olhar dentro dela também. Nenhuma eloquência poderia ser tão prejudicial à nossa crença na humanidade quanto sua explosão final de sinceridade. E ele lutava consigo mesmo, também. Eu via — eu ouvia isso. Via o mistério inconcebível de uma alma que não conhecia contenção, fé nem medo, e que ainda assim lutava cegamente consigo mesma. Mantinha minha cabeça bastante equilibrada; mas, quando o pus afinal estendido no sofá, enxuguei a testa, as pernas tremendo como se eu tivesse carregado meia tonelada nas costas por aquele morro abaixo. E no entanto apenas o amparara, o braço ossudo passado pelo meu pescoço — e não pesava muito mais que uma criança.

"Quando, no dia seguinte, partimos ao meio-dia, a multidão, de cuja presença por trás da cortina de árvores eu tivera aguda consciência o tempo todo, tornou a fluir para fora da mata, encheu a clareira, cobriu a encosta com uma massa de corpos nus, arquejantes, trêmulos, brônzeos. Naveguei um pouco rio acima, depois virei corrente abaixo, e dois mil olhos acompanharam as evoluções do demônio do rio que espadanava e batia feroz a água, com sua cauda terrível, bafejando fumo negro no ar. Na frente da primeira fila, na beira do rio, três homens, emplastrados de berrante vermelho-terra dos pés à cabeça, pavoneavam-se de um lado para outro, incansavelmente. Quando chegamos de novo à altura deles, voltavam-se para o rio, batiam os pés, balançavam as cabeças chifrudas, oscilavam os corpos rubros; jogaram em direção ao feroz demônio do rio um monte de penas negras — algo que parecia uma cabaça seca; gritavam periodicamente, juntos, fieiras de palavras espantosas que não se assemelhavam a qualquer som da linguagem humana; e os cavos murmúrios da multidão, interrompidos de repente, pareciam respostas de uma litania satânica.

"Leváramos Kurtz para a cabine do piloto: era mais arejado ali. Deitado no sofá, ele olhava pela janela aberta. A massa de corpos humanos refluiu, e a mulher de elmo na cabeça e faces trigueiras lançou-se até a beira do rio.

Ergueu as mãos, gritou alguma coisa, e toda a selvagem multidão juntou-se ao grito num coro trovejante de palavras articuladas, rápidas, sem fôlego.

"— O senhor entende isso? — perguntei.

"Ele continuou olhando além de mim, com olhos febris e anelantes, uma expressão mista de sofreguidão e ódio. Não respondeu, mas vi um sorriso, um sorriso de sentido indefinível, aparecer em seus lábios descorados que um momento depois se contorceram convulsivamente.

"— E não? — ele disse devagar, arquejando, como se as palavras lhe houvessem sido arrancadas por um poder sobrenatural.

"Puxei o cordão do apito, e fiz isso porque vi os peregrinos no convés sacando seus rifles com um ar de quem prevê uma bela folia. Com o súbito guincho, um movimento de abjeto terror percorreu a comprimida massa de corpos.

"— Não! Não os espante — gritou alguém no convés, desoladamente.

"Puxei o cordão repetidas vezes. Eles se espalharam e fugiram, saltando, se agachando, desviando, abaixando para evitar o terror voador do som. Os três sujeitos vermelhos haviam-se deitado de cara para baixo na margem, como se tivessem sido mortalmente atingidos por balas. Só a mulher bárbara e soberba nem sequer se mexera, e estendia tragicamente os braços nus em nossa direção, por sobre o rio negro e reluzente.

"E então aquela multidão imbecil no convés iniciou sua diversãozinha, e não pude ver mais nada, devido à fumaça.

"O pardo rio corria rápido, brotando do coração das trevas, levando-nos para o mar a uma velocidade duas vezes maior que a de nossa subida; e a vida de Kurtz também se esvaía rápido, refluindo, refluindo de seu coração para o mar do tempo inexorável. O gerente estava muito calmo, não tinha ansiedades vitais agora, e abrangia-nos a ambos com um olhar envolvente e satisfeito: o 'caso' terminara tão bem quanto se poderia desejar. Eu via chegar o momento em que ficaria sozinho no grupo do 'método inseguro'. Os peregrinos olhavam-me com antipatia. Contavam-me, por assim dizer, entre os mortos. É estranho como aceitei essa imprevista sociedade, essa escolha de pesadelos imposta a mim na tenebrosa terra invadida por aqueles fantasmas mesquinhos e ambiciosos.

"Kurtz discursava. Que voz! Que voz! Ressoou profunda até o fim. Sobreviveu à sua força, para esconder nas magníficas dobras da eloquência a estéril escuridão de seu coração. Oh, ele lutou! Ele lutou! Os restos de seu cérebro cansado eram agora assombrados por imagens terríveis — imagens de riqueza e fama, revolvendo obsequiosas em torno de seu inextinguível dom de nobre e pomposa expressão. Minha Pretendida, meu posto, minha carreira, minhas ideias — eram os temas daqueles ocasionais pronunciamentos de sentimentos elevados. A sombra do Kurtz original guardava a beira do leito da vazia impostura, cujo destino ia ser acabar enterrada no molde da terra primeva. Mas tanto o amor diabólico quanto o ódio exótico dos mistérios que ela penetrara lutavam pela posse daquela alma saciada de emoções primitivas, ávida de fama mentirosa, de falsa distinção, de todas as aparências de sucesso e poder.

"Às vezes era desprezivelmente infantil. Desejava que reis fossem recebê-lo nas estações ferroviárias, quando de sua volta de algum terrível Nada, onde ele pretendia realizar grandes coisas.

"— É só mostrar-lhes que temos em nós alguma coisa realmente lucrativa, e não haverá limites para o reconhecimento de nossa capacidade — dizia. — Evidentemente, tem-se de cuidar dos motivos... motivos certos... sempre.

"Os longos remansos, que pareciam o mesmo e único, as monótonas curvas exatamente iguais, passavam pelo vapor com sua multidão de árvores seculares, olhando pacientes aquele fuliginoso fragmento de outro mundo, precursor da mudança, da conquista, do comércio, dos massacres, das feridas. Eu olhava em frente, pilotando.

"— Feche a janela — disse Kurtz de repente, um dia. — Não posso ver isso. — Fechei. Houve um silêncio. — Oh, mas ainda vou arrancar seu coração! — ele gritou para a invisível selva.

"Quebramos — como eu esperava — e tivemos de encostar para conserto na ponta de uma ilha. Esse atraso foi a primeira coisa que abalou a confiança de Kurtz. Certa manhã, ele me entregou um pacote de documentos e uma fotografia — tudo amarrado com um cadarço de sapato.

"— Guarde isso para mim — disse. — Esse pernicioso idiota (o gerente) é capaz de futucar minha bagagem sem que eu veja.

"À tarde, vi-o. Estava deitado de barriga para cima, com os olhos fechados, e retirei-me em silêncio, mas ouvi-o murmurar:

"— Viver corretamente, morrer, morrer...

"Fiquei à escuta. Não houve mais nada. Ensaiava ele algum discurso em seu sonho, ou seria um fragmento de frase de algum artigo de jornal? Ele escrevera para jornais, e pretendia voltar a fazê-lo, 'para promover minhas ideias. É um dever'.

"Suas trevas eram impenetráveis. Eu o olhava como se espia lá embaixo alguém que está caído no fundo de um precipício onde o sol nunca bate. Mas não tinha muito tempo para dispensar-lhe, porque estava ajudando o maquinista a desmontar os cilindros com vazamento, a desentortar uma alavanca, e em outras coisas. Vivia numa confusão infernal de ferrugem, limalha, rebites, chaves de porca, martelos, furadeiras — coisas que abominava, porque não tenho jeito com elas. Cuidava da pequena forja que felizmente tínhamos a bordo; trabalhava cansado num maldito monte de ferro velho — a não ser quando estava trêmulo demais para ficar de pé.

"Certa noite, entrando com uma vela, espantei-me ao ouvi-lo dizer um tanto tremulamente:

"— Aqui estou eu deitado no escuro, à espera da morte.

"A luz estava a um palmo de seus olhos. Forcei-me a murmurar:

"— Ora, bobagem! — e fiquei parado ao lado dele, como transfixado.

"Nunca vi nada que sequer se aproximasse da mudança que se deu em suas feições, e espero nunca mais tornar a ver. Oh, não fiquei comovido. Fiquei fascinado. Era como se um véu se houvesse rasgado. Vi naquele rosto de marfim a expressão do negro orgulho, do poder impiedoso, do terror pusilânime — de um intenso e desvalido desespero. Reviveu ele sua vida então, em todos os detalhes de desejo, tentação e entrega, durante aquele momento supremo de completo conhecimento? Gritou num sussurro, para alguma imagem, alguma visão — gritou duas vezes, um grito que não era mais que um arquejo:

"— Que horror! Que horror!

"Soprei a vela e deixei a cabine. Os peregrinos jantavam no refeitório, e tomei meu lugar defronte do gerente, que ergueu os olhos para lançar-me um olhar interrogador, que consegui ignorar com êxito. Ele se reclinou para trás, sereno, com aquele sorriso peculiar selando as profundezas inexprimidas de sua mesquinharia. Um enxame contínuo de pequenas mariposas voejava pela lâmpada, a toalha da mesa, nossas mãos e rostos. De repente, o garoto do gerente pôs a insolente cabeça negra na porta e disse num tom de desprezo mordaz:

"— O sinhô Kurtz... tá morto.

"Todos os peregrinos se precipitaram para fora, para ver. Eu fiquei, e continuei com meu jantar. Creio que me consideraram brutalmente insensível. Contudo, não comi muito. Havia uma lâmpada ali — luz, vocês sabem — e lá fora estava tão horrivelmente escuro. Não mais me aproximei do homem notável que pronunciara um julgamento sobre as aventuras de sua alma nesta terra. A voz se fora. Que mais restava ali? Mas sei, é claro, que no dia seguinte os peregrinos enterraram alguma coisa num buraco lamacento.

"E depois, estiveram bem perto de me enterrar.

"Mas, como veem, não me juntei a Kurtz ali naquela hora. Não me juntei, não. Fiquei para sonhar o pesadelo até o fim, e para demonstrar mais uma vez minha lealdade a Kurtz. Destino. Meu destino! Coisa esquisita é a vida — esse misterioso arranjo de lógica cruel para um objetivo fútil. O máximo que se pode esperar dela é algum conhecimento de si mesmo — que chega tarde demais —, uma colheita de inextinguíveis arrependimentos. Eu lutei com a morte. É a briga menos emocionante que se pode imaginar. Trava-se num cinza impalpável, sem nada sob os pés nem em volta, sem espectadores, sem clamor, sem glória, sem o grande desejo de vitória, sem o grande temor da derrota, numa doentia atmosfera de tépido ceticismo, sem muita crença em nosso próprio direito, e ainda menos no do adversário. Se essa é a forma de sabedoria derradeira, então a vida é um enigma maior do que pensam alguns de nós. Estive a um fio de cabelo da última oportunidade de pronunciamento e descobri com humilhação que provavelmente nada teria a dizer. É por isso que afirmo que Kurtz foi um homem notável. Ele tinha alguma coisa a dizer. E a disse. Como eu mesmo cheguei na beira, compreendo melhor o significado de seu olhar fixo, que não via a chama da vela mas era amplo o bastante para abarcar todo o universo, agudo o bastante para peneirar todos os corações que batem nas trevas. Ele resumira — julgara. 'Que horror!' Era um homem notável. Afinal, aquilo era a expressão de uma espécie de crença; tinha franqueza, convicção, um vibrante tom de revolta em seu sussurro, a apavorante face de uma verdade vislumbrada — a estranha mistura de desejo e ódio. E não é de minha hora extrema que me lembro melhor — a visão do cinza informe cheio de dor física e um negligente desprezo pela evanescência de tudo — até mesmo daquela dor. Não! É a hora extrema dele que me parece ter vivido. É verdade que ele dera o último passo, transpusera a borda, enquanto me fora permitido recuar o pé hesitante. E talvez esteja nisso toda a diferença; talvez toda a sabedoria, toda a verdade e toda a sinceridade estejam exatamente comprimidas nesse inapreciável momento de tempo em que transpomos o limiar do invisível. Talvez! Agrada-me pensar que meu resumo não teria sido uma palavra de negligente desprezo. Melhor o grito dele — muito melhor. Foi uma afirmação, uma vitória moral, paga com inúmeras derrotas, terrores abomináveis, satisfações abomináveis. Mas foi uma vitória! Foi por isso que continuei leal a Kurtz até o fim, e mesmo depois, quando, após muito tempo, tornei a ouvir mais uma vez, não a voz dele, mas o eco de sua magnífica eloquência lançado sobre mim por uma alma tão translucidamente pura quanto um cristal de rocha.

"Não, não me enterraram, embora eu me lembre nebulosamente, com um espanto arrepiante, de um período de tempo semelhante a uma passagem por um mundo inconcebível, que não continha esperança nem desejo. Vi-me de volta à cidade sepulcral, ressentindo-me da visão das pessoas andando apressadas pelas ruas para roubar um dinheirinho umas das outras, devorar suas infames comidas, engolir sua cerveja insalubre, sonhar seus sonhos insignificantes e tolos. Elas invadiam meus pensamentos. Não passavam de intrusas cujo conhecimento da vida era para mim uma impostura irritante, porque eu tinha toda certeza de que não podiam conhecer as coisas que eu conhecia. O andar delas, simplesmente o andar de indivíduos vulgares tratando de seus negócios, certos de uma perfeita segurança, era ofensivo como o ultrajante pavonear-se da loucura diante de um perigo que é incapaz de compreender. Eu não tinha qualquer desejo particular de esclarecê-las, mas sentia certa dificuldade para impedir-me de rir na cara delas, tão cheias de estúpida importância. Eu diria que não andava muito bem nessa época. Vagava pelas ruas — tinha casos sérios a resolver — sorrindo perversamente de pessoas inteiramente respeitáveis. Admito que meu comportamento era inexcusável, mas também minha temperatura raramente se mostrava normal nesses dias. Os esforços de minha querida tia para 'revigorar minhas forças' pareciam errar inteiramente o alvo. Eu guardava um pacote de documentos que me fora dado pelo sr. Kurtz, sem saber exatamente o que fazer com eles. A mãe dele morrera havia pouco, assistida, segundo me disseram, por sua Pretendida. Um homem de queixo barbeado, maneiras oficiais e usando óculos de aros de ouro, visitou-me um dia e fez perguntas, a princípio indiretas, e depois com delicada insistência, sobre o que lhe agradava denominar de 'certos documentos'. Não me surpreendi, porque tivera duas brigas com o gerente sobre o assunto lá fora. Recusara-me a entregar a menor tira daquele pacote, e adotei a mesma atitude com o homem de óculos. Ele acabou armando uma carranca ameaçadora, e com muito ardor argumentou que a Companhia tinha direito a todo fiapo de informação sobre seus 'territórios'. E disse:

"— O conhecimento do sr. Kurtz sobre regiões inexploradas deve ter sido necessariamente extenso e peculiar... devido a seus grandes talentos e às deploráveis circunstâncias em que o tinham colocado: portanto...

"Garanti-lhe que o conhecimento do sr. Kurtz, por mais extenso que fosse, nada tinha a ver com problemas de comércio ou administração. Ele invocou então o nome da ciência.

"— Seria uma perda incalculável se — etc. etc.

"Ofereci-lhe o relatório sobre a Eliminação de Costumes Bárbaros, com o *post scriptum* arrancado. Ele o recebeu avidamente, mas terminou fungando sobre o documento com um ar de desdém.

"— Não é isso o que tínhamos o direito de esperar — observou.

"— Não espere nada mais — eu disse. — Existem apenas cartas particulares.

"Ele se retirou com uma ameaça de ações legais, e não o vi mais; mas outro sujeito, que se dizia primo de Kurtz, apareceu dois dias depois, e estava ansioso para saber todos os detalhes dos últimos momentos de seu parente.

Incidentalmente, deu-me a entender que Kurtz fora, em essência, um grande músico.

"— Havia nele os fundamentos de um imenso sucesso — disse o homem, que era organista, creio, com cabelos ruivos grisalhos caindo sobre o colarinho ensebado.

"Eu não tinha motivos para duvidar de sua afirmação; e até hoje não posso dizer qual era a profissão de Kurtz, se é que chegou a ter uma — qual era o maior de seus talentos. Eu o tomara por um pintor que escrevia para os jornais, ou então por um jornalista que sabia pintar — mas mesmo o primo (que cheirava rapé durante a entrevista) não pôde me dizer o que ele fora — exatamente. Era um gênio universal — nesse ponto concordei com o velho camarada, que a isso assoou ruidosamente o nariz num grande lenço de algodão e se retirou em senil agitação, levando algumas cartas de família e lembranças sem importância. Recentemente apareceu um jornalista, ansioso por saber alguma coisa do destino de seu 'caro colega'. Esse visitante informou-me que a esfera exata de Kurtz devia ter sido a política, 'do lado popular'. Tinha sobrancelhas retas e hirsutas, cabelos espetados cortados curtos, um monóculo pendurado numa larga fita, e, tornando-se expansivo, confessou sua opinião de que Kurtz de fato sabia escrever um pouco — 'mas, Deus do céu!, como o homem sabia falar. Eletrizava grandes audiências. Tinha fé… não está vendo?… tinha a fé. Podia fazer-se acreditar em qualquer coisa… qualquer coisa. Teria sido um esplêndido líder de um partido extremista'.

"— Que partido? — perguntei.

"— Qualquer partido — respondeu o outro. — Ele era um… um… extremista.

"Não pensava eu assim? Assenti. Sabia eu, ele perguntou com um súbito clarão de curiosidade, 'o que o induzira a ir lá para fora?'

"— Sim — eu disse, e entreguei-lhe na hora o famoso Relatório, para publicação, se ele julgasse apropriado.

"Ele o olhou às pressas, murmurando o tempo todo, julgou que 'daria', e deu o fora com esse butim.

"Assim, restaram-me afinal um magro pacote de cartas e o retrato da moça. Ela me parecia bonita — quer dizer, tinha uma expressão bonita. Sei que também se podem fazer truques com a luz do sol, mas sentia-se que nenhuma manipulação de luz e pose poderia ter transmitido tão delicada sombra de autenticidade àquelas feições. Ela parecia pronta a ouvir sem reservas mentais. Decidi que iria devolver-lhe pessoalmente seu retrato e aquelas cartas. Curiosidade? Sim; e talvez também outro sentimento. Tudo que pertencera a Kurtz me escapulira das mãos: sua alma, seu corpo, seu posto, seus planos, seu marfim, sua carreira. Restavam apenas sua lembrança e sua Pretendida — e eu queria relegar também isso ao passado, de certa forma — entregar pessoalmente tudo que restava dele comigo àquele esquecimento que é a última palavra de nosso destino comum. Não estou me defendendo. Não tinha qualquer visão clara do que realmente queria. Talvez fosse um impulso de lealdade inconsciente, ou o cumprimento de uma dessas irônicas necessidades que se escondem nos fatos da existência humana. Não sei. Não posso dizer. Mas fui.

"Achava que a lembrança dele era como as outras lembranças de mortos que se acumulam em toda vida humana — uma vaga impressão no cérebro de sombras que tombaram em sua rápida passagem final; mas, diante da porta alta e pesada, entre as altas casas de uma rua tão silenciosa e decorosa como uma bem-cuidada alameda de cemitério, tive uma visão dele na padiola, abrindo a boca vorazmente, como para devorar toda a terra, com toda a sua humanidade. Ele viveu então, ali diante de mim; viveu tanto quanto vivera algum dia — uma sombra insaciável de esplêndidas aparências, de assustadoras realidades; uma sombra mais negra que a sombra da noite, e envolta nobremente nas dobras de uma suntuosa eloquência. A visão pareceu entrar na casa comigo — a padiola, os padioleiros fantasmas, a bárbara multidão de adoradores obedientes, a escuridão das florestas, o brilho do remanso entre as curvas lamacentas, o bater do tambor, regular e abafado como o bater de um coração — o coração de uma triunfante escuridão. Foi um momento de triunfo para a selva, um avanço invasor e vingativo que, pareceu-me, eu teria de repelir sozinho pela salvação de outra alma. E voltou-me a lembrança do que eu o ouvira dizer lá longe, com os vultos chifrudos movimentando-se às minhas costas, no fulgor das fogueiras, dentro da mata paciente — aquelas frases interrompidas foram novamente ouvidas em sua sinistra e aterrorizante simplicidade. Lembrei-me de sua abjeta súplica, suas abjetas ameaças, a escala colossal de seus desejos vis, a maldade, o tormento, a tempestuosa angústia de sua alma. E, mais tarde, pareceu-me ver sua maneira lânguida, composta, quando disse um dia: 'Esse carregamento de marfim é na verdade meu. A Companhia não pagou por ele. Eu mesmo o recolhi, com grande risco pessoal. Receio que tentem reclamá-lo como deles. Hum. É um caso difícil. Que acha que eu devia fazer… resistir? Hem? Quero apenas justiça… Queria apenas justiça. Toquei a campainha diante de uma porta de mogno no primeiro andar, e enquanto esperava ele parecia fixar-me do envernizado painel — fixar-me com aquele olhar amplo e imenso, abarcando, condenando, detestando todo o universo. Pareceu-me ouvir o grito sussurrado: 'Que horror! Que horror!'

"O crepúsculo descia. Tive de esperar numa magnífica sala de estar com três compridas janelas do chão ao teto, que pareciam três colunas luminosas e veladas. As pernas e braços curvos e dourados dos móveis reluziam em volutas indistintas. A alta lareira de mármore era de uma brancura fria e monumental. Um piano de cauda repousava pesado num canto, com negros reflexos nas superfícies polidas, como um sombrio e envernizado sarcófago. Uma porta alta abriu-se — e fechou-se. Levantei-me.

"Ela se adiantou, toda de negro, rosto pálido, flutuando na penumbra para mim. Estava de luto, mais de um ano após a chegada da notícia; parecia que ia lembrar e manter o luto para sempre. Tomou-me as mãos nas suas e murmurou:

"— Disseram-me que o senhor vinha.

"Notei que não era muito jovem — quer dizer, não juvenil. Tinha uma madura capacidade de fidelidade, de crença, de sofrimento. A sala parecia ter ficado mais escura, como se toda a triste claridade do nublado entardecer se houvesse refugiado em sua testa. Aqueles cabelos louros, aquele rosto pálido, aquela testa pura pareciam cercados por um halo cinzento, de dentro do qual os olhos negros me olhavam. O olhar era inocente, profundo, confiante e digno de confiança. Mantinha a sofrida cabeça como se sentisse orgulho de sua dor, como quem dissesse: eu, só eu sei prantá-lo como ele merece. Mas, enquanto ainda nos apertávamos as mãos, desceu-lhe sobre o rosto uma tal expressão de terrível desolação que me fez perceber se tratar de uma dessas criaturas que não são joguetes do Tempo. Para ela, ele morrera apenas no dia anterior. E, por Júpiter, a impressão era tão forte que também a mim ele parecia ter morrido apenas no dia anterior — não, naquele mesmo minuto. Vi-os, a ele e a ela, no mesmo instante de tempo — a morte dele e a dor dela — vi a dor dela no mesmo momento da morte dele. Vocês entendem? Vi-os juntos — ouvi-os juntos. Ela dissera, com um profundo prender de respiração: 'Eu sobrevivi', enquanto meus ouvidos aguçados pareciam ouvir distintamente, mesclado com seu tom de desesperado pesar, o sussurro que resumia a eterna condenação dele. Perguntei-me o que fazia ali, com uma sensação de pânico no coração, como se tivesse entrado por engano num lugar de mistérios cruéis e absurdos, não adequados à contemplação de um ser humano. Sá me indicou uma cadeira. Sentamo-nos. Depositei delicadamente o pacote na mesinha, e ela pôs a mão sobre ele…

"— O senhor o conheceu bem — murmurou, após um momento de pesaroso silêncio.

"— A intimidade brota depressa lá fora — eu disse. — Conheci-o tão bem quanto é possível um homem conhecer outro.

"— E o admirava — ela disse. — Era impossível conhecê-lo e não admirá-lo. Não era?

"— Era um homem notável — eu disse, inseguro. Depois, diante da suplicante fixidez do olhar dela, que parecia à espera de mais palavras de minha boca, prossegui: — Era impossível não...

"— Amá-lo — ela concluiu avidamente, silenciando-me numa aterrada mudez. — Como isso é verdade! Como isso é verdade! Mas quando se pensa que ninguém o conheceu tão bem quanto eu! Eu tinha toda a sua nobre confiança. Fui eu quem o conheceu melhor.

"— A senhorita o conheceu melhor — repeti. E talvez conhecesse mesmo. Mas, a cada palavra dita, a sala tornava-se mais escura, e só a testa da moça, lisa e branca, permanecia iluminada pela luz inextinguível da crença e do amor.

"— O senhor foi amigo dele — ela prosseguiu. — Amigo dele — repetiu, um pouco mais alto. — Deve ter sido, se ele lhe entregou isso, e o enviou a mim. Sinto que posso falar com o senhor... e, oh, tenho de falar. Quero que o senhor... o senhor, que ouviu as últimas palavras dele... saiba que tenho sido digna dele... Não é orgulho... Sim! Tenho orgulho de saber que o compreendi melhor do que qualquer um na Terra... ele mesmo me disse isso. E, desde que a mãe dele morreu, não tive mais ninguém... ninguém... para... para...

"Eu ouvia. A escuridão adensava-se. Eu não tinha sequer certeza se ele me dera o pacote certo. Suspeito mesmo que desejava que eu cuidasse de outro pacote de documentos, que após sua morte vi o gerente examinando sob a lâmpada. E a moça falava, aliviando seu sofrimento na certeza de minha simpatia; falava como bebem as pessoas sedentes. Eu soubera que o noivado dela com Kurtz fora desaprovado pela família dela. Ele não era suficientemente rico, ou alguma coisa assim. E, na verdade, não sei se ele foi ou não um pobretão a vida inteira. Dera-me algum motivo para inferir que fora a sua impaciência com a relativa pobreza que o impelira lá para fora.

"— ... Quem o ouvia falar uma vez e não ficava seu amigo? — ela dizia. — Atraía as pessoas para si pelo que havia de melhor nelas. — Olhou-me com intensidade. — É o dom dos grandes — prosseguiu, e o som de sua voz baixa parecia ter o acompanhamento de todos os outros sons, cheios de mistério, desolação e dor, que eu já ouvira: a ruga na superfície do rio, o murmúrio das árvores açoitadas pelo vento, os resmungos da multidão, o débil soar de palavras incompreensíveis gritadas de longe, o sussurro de uma voz falando do outro lado do limiar de uma escuridão eterna.

— Mas o senhor o ouviu! O senhor sabe! — ela exclamou.

"— Sim, sei — eu disse, com alguma coisa semelhante ao desespero no coração, mas curvando a cabeça diante da fé que havia nela, diante daquela grande e redentora ilusão que brilhava com um fulgor extraterreno na escuridão, na triunfante escuridão da qual eu não poderia defendê-la — da qual não podia defender nem a mim mesmo.

"— Que perda para mim... para nós! — corrigiu-se ela, com bela generosidade; depois acrescentou num murmúrio: — Para o mundo.

Aos últimos raios do crepúsculo, vi o brilho de seus olhos, cheios de lágrimas, lágrimas que não caíam.

"— Eu fui muito feliz... muito afortunada... tive muito orgulho — prosseguiu: — Afortunada demais. Feliz demais por algum tempo. E agora estou infeliz por... por toda a vida.

"Levantou-se; os cabelos louros pareciam captar num faiscar de ouro toda a luminosidade que restava. Levantei-me também.

"— E de tudo isso — ela prosseguiu, pesarosa —, de toda a promessa que era ele, de toda a sua grandeza, de sua mente generosa, de seu nobre coração, nada resta, nada, senão uma lembrança. O senhor e eu...

"— Sempre o lembraremos — apressei-me a dizer.

"— Não! — ela exclamou. — É impossível que tudo isso se tenha perdido... que uma vida assim tenha sido sacrificada sem deixar nada... a não ser dor. O senhor sabe dos planos enormes que ele tinha. Eu sabia deles também... talvez não entendesse... mas outros sabiam deles. Alguma coisa tem de ficar. As palavras dele, pelo menos, não morreram.

"— As palavras dele ficarão — eu disse.

"— E o exemplo — ela murmurou para si mesma. — Os homens o olhavam de baixo... a bondade dele brilhava em todos os atos. O exemplo dele...

"— É verdade — eu disse. — O exemplo também. Sim, o exemplo dele. Tinha esquecido disso.

"— Mas eu não esqueço. Não posso... não posso acreditar... ainda não. Não posso acreditar que nunca mais tornarei a vê-lo, que ninguém tornará a vê-lo, nunca, nunca, nunca.

"Estendeu os braços, como para um vulto que se afastava, esticando-os com as pálidas mãos fechadas contra a lânguida e estreita luz da janela. Jamais vê-lo! Eu o via bastante claramente então. Verei seu eloquente fantasma enquanto viver, e a verei também, uma Sombra trágica e familiar, assemelhando-se naquele gesto a uma outra, também trágica, e coberta de feitiços impotentes, estendendo os braços nus sobre o brilho do rio infernal, o rio das trevas. Ela disse de repente, bem baixinho:

"— Ele morreu como viveu.

"— O fim dele — eu disse, com uma surda raiva fumegando dentro de mim — foi sob todos os aspectos digno de sua vida.

"— E eu não estava com ele — ela murmurou. Minha raiva acalmou-se diante de um sentimento de infinita piedade.

"— Tudo que se podia fazer... — murmurei.

"— Ah, mas eu acreditei nele mais que qualquer outra pessoa na Terra... mais do que a própria mãe dele, mais do que... ele próprio. Ele precisava de mim! De mim! Eu teria guardado cada suspiro, cada palavra, cada sinal, cada olhar.

"Senti como que um frio constrangimento no peito:

"— Não fique assim — disse, numa voz abafada.

"— Perdoe-me. Eu... eu sofri tanto tempo em silêncio... em silêncio... O senhor estava com ele... até o fim? Penso na solidão dele. Ninguém perto para entendê-lo como eu teria entendido. Talvez ninguém para ouvir...

"— Até o derradeiro fim — eu disse, trêmulo. — Ouvi as últimas palavras dele... — Parei, assustado.

"— Repita-as — ela murmurou, num tom de quem tem o coração partido. — Eu preciso... preciso... de alguma coisa... alguma coisa... com que viver.

"Eu estava a ponto de gritar-lhe: 'Não está ouvindo-as?' A penumbra repetia-as num persistente sussurro em toda a nossa volta, num sussurro que parecia crescer ameaçadoramente, como o primeiro sussurro de um vendaval em formação. 'Que horror! Que horror!'

"— A última palavra dele... para viver com ela — insistiu. — Não compreende que eu o amava... o amava... o amava!

"Recompus-me e falei devagar.

"A última palavra que ele pronunciou foi... foi seu nome.

"Ouvi um leve suspiro, e depois meu coração parou, foi parado de chofre por um grito exultante e terrível, o grito de inconcebível triunfo e indizível dor.

"— Eu sabia... tinha certeza!...

"Ela sabia, tinha certeza. Ouvi-a chorar; escondera o rosto nas mãos. Pareceu-me que a casa ia cair antes que eu pudesse escapar, que os céus iam desabar sobre minha cabeça. Mas nada aconteceu. Os céus não desabam por tais ninharias. Teriam desabado, pergunto-me, se eu fizesse a Kurtz aquela justiça que ele merecia? Não dissera ele que queria apenas justiça? Mas eu não podia. Não podia dizer a ela. Teria sido muita escuridão — muita escuridão, completa...

"Marlow calou-se e ficou ali sentado à parte, indistinto e silencioso, na pose de um Buda meditativo. Ninguém se mexeu por algum tempo.

"— Perdemos o primeiro refluxo — disse o Diretor, de repente.

"Ergui a cabeça. Um negro banco de nuvens bloqueava a boca da barra, e o tranquilo curso d'água que conduzia aos extremos confins da terra corria sob um céu carregado — parecia conduzir ao coração de umas trevas imensas."

Sobre o autor

Joseph Conrad (1857-1942) nasceu na Ucrânia e com 21 anos, depois de ter ficado órfão aos 11, juntou-se a um navio britânico como aprendiz. Ficou na Marinha por duas décadas, o que permitiu que conhecesse diversos países. Essa experiência serviu de matéria-prima para sua produção literária, além de ter lhe rendido a cidadania britânica em 1886.

Em 1894, Conrad havia alcançado a posição de capitão, porém decidiu abandonar o mar para se dedicar à publicação do seu primeiro romance, *A loucura de Almayer* (1895), ao qual ele havia se dedicado por seis longos anos.

Ainda quando criança, via o pai traduzir Shakespeare, mas só depois de adulto aprendeu a língua inglesa. E foi nesse idioma que Conrad escreveu dezessete romances, entre eles *Lord Jim* (1900) e *O agente secreto* (1907), sete novelas, sendo *O coração das trevas* (1902) a mais famosa delas, além de ensaios e livros de memórias.

Conheça outros títulos da
Coleção Clássicos para Todos

1. *A arte da guerra*, Sun Tzu
2. *A câmara clara*, Roland Barthes
3. *A carta do descobrimento: ao rei D. Manuel*, Pero Vaz de Caminha
4. *A casa do poeta trágico*, Carlos Heitor Cony
5. *A cerimônia do adeus*, Simone de Beauvoir
6. *A cidade e as serras*, Eça de Queirós
7. *A conquista da felicidade*, Bertrand Russell
8. *A força da idade* volume 1, Simone de Beauvoir
9. *A força da idade* volume 2, Simone de Beauvoir
10. *A força das coisas* volume 1, Simone de Beauvoir
11. *A força das coisas* volume 2, Simone de Beauvoir
12. *A moreninha*, Joaquim Manuel de Macedo
13. *A mulher de trinta anos*, Honoré de Balzac
14. *A náusea*, Jean-Paul Sartre
15. *A Política*, Aristóteles
16. *A República*, Platão
17. *A utopia*, Thomas Morus
18. *A vida como ela é...* volume 1, Nelson Rodrigues
19. *A vida como ela é...* volume 2, Nelson Rodrigues
20. *Agosto*, Rubem Fonseca
21. *Amar, Verbo Intransitivo*, Mário de Andrade
22. *Antologia poética*, Fernando Pessoa
23. *Apologia de Sócrates*, Platão
24. *As flores do mal*, Charles Baudelaire
25. *Assim falava Zaratustra*, Friedrich Nietzsche
26. *Auto da Compadecida*, Ariano Suassuna
27. *Como vejo o mundo*, Albert Einstein
28. *Confissões*, Santo Agostinho
29. *Crítica da razão prática*, Immanuel Kant
30. *Crítica da razão pura*, Immanuel Kant
31. *Discurso do método*, René Descartes
32. *Do contrato social*, Jean-Jacques Rousseau
33. *Dom Casmurro*, Machado de Assis
34. *Dos delitos e das penas*, Cesare Beccaria
35. *Ecce Homo*, Friedrich Nietzsche
36. *Esaú e Jacó*, Machado de Assis
37. *Feliz Ano Novo*, Rubem Fonseca
38. *Germinal*, Émile Zola

39. *História da morte no Ocidente*, Philippe Ariès
40. *História do pensamento ocidental*, Bertrand Russell
41. *Histórias extraordinárias*, Edgar Allan Poe
42. *Ilíada*, Homero
43. *Iracema*, José de Alencar
44. *Macbeth*, William Shakespeare
45. *Macunaíma*, Mário de Andrade
46. *Madame Bovary*, Gustave Flaubert
47. *Memórias de um sargento de milícias*, Manuel Antônio de Almeida
48. *Memórias póstumas de Brás Cubas*, Machado de Assis
49. *Memórias, sonhos, reflexões*, Carl Gustav Jung
50. *Morangos mofados*, Caio Fernando Abreu
51. *Mrs. Dalloway*, Virginia Woolf
52. *Noite na taverna e Macário*, Álvares de Azevedo
53. *O Alienista*, Machado de Assis
54. *O banquete*, Platão
55. *O coração das trevas*, Joseph Conrad
56. *O cortiço*, Aluísio Azevedo
57. *O livre-arbítrio*, Arthur Schopenhauer
58. *O médico e o monstro*, Robert Louis Stevenson
59. *O morro dos ventos uivantes*, Emily Brontë
60. *O muro*, Jean-Paul Sartre
61. *O primeiro homem*, Albert Camus
62. *O Príncipe*, Nicolau Maquiavel
63. *Odisseia*, Homero
64. *Orgulho e preconceito*, Jane Austen
65. *Os sertões*, Euclides da Cunha
66. *Os sofrimentos do jovem Werther*, J.W. Goethe
67. *Poemas e cartas a um jovem poeta*, Rainer Maria Rilke
68. *Poliana*, Eleanor H. Porter
69. *Razão e sentimento*, Jane Austen
70. *Romeu e Julieta*, William Shakespeare
71. *Sagarana*, João Guimarães Rosa
72. *Senhora*, José de Alencar
73. *Sonho de uma noite de verão*, William Shakespeare
74. *Terra dos homens*, Antoine de Saint-Exupéry
75. *Til*, José de Alencar
76. *Tratado político*, Spinoza
77. *Triste fim de Policarpo Quaresma*, Lima Barreto
78. *Vestido de noiva*, Nelson Rodrigues
79. *Viagens na minha terra*, Almeida Garrett

Este livro foi impresso
em papéis autossustentáveis da International Paper.
O papel da capa é cartão 250g/m²
e o do miolo é chambril avena 80g/m².